The Famous Five

疯狂侦探团

⑥ 科林岛上的秘密实验

詹艾斌 / 主编
[英] 伊妮德·布莱顿 / 著
张凌微 / 译
郑榕玲 / 绘

人民东方出版传媒
東方出版社

图书在版编目（CIP）数据

科林岛上的秘密实验 /（英）伊妮德·布莱顿著；詹艾斌主编；张凌微译.
—北京: 东方出版社，2019.2

（疯狂侦探团）

ISBN 978-7-5207-0671-1

Ⅰ.①科… Ⅱ.①伊… ②詹… ③张… Ⅲ.①儿童小说－侦探小说－英国－现代
Ⅳ.①I561.84

中国版本图书馆CIP数据核字（2018）第269071号

科林岛上的秘密实验

（KELINDAOSHANG DE MIMI SHIYAN）

[英]伊妮德·布莱顿　著　张凌微　译

策划编辑：鲁艳芳
合作策划：原典纪文化
责任编辑：曹兴泽
出　　版：東方出版社
发　　行：人民东方出版传媒有限公司
地　　址：北京市西城区北三环中路6号
邮政编码：100120
印　　刷：三河市金泰源印务有限公司
版　　次：2019年2月第1版
印　　次：2022年4月北京第11次印刷
开　　本：880毫米×1230毫米　1/32
印　　张：6.5
字　　数：92千字
书　　号：ISBN 978-7-5207-0671-1
定　　价：25.00元
发行电话：（010）85924663　85924644　85924641

侦探团成员

朱利安

12 岁的朱利安是侦探团里年龄最大的，他和乔治是堂兄妹，是迪克和安妮的哥哥。他强壮勇敢、沉着果决、责任心强。范妮婶婶总是夸奖他又勇敢又可靠。他是侦探团的小队长，对妹妹安妮非常关心、体贴。

迪克

迪克是一个聪明机智、幽默风趣的人。尽管有时候他看起来坏坏的，但实际上他是一个可靠、善良的男孩。11 岁的他和堂妹乔治同岁，比哥哥朱利安小一岁，比妹妹安妮大一岁。虽然他经常捉弄安妮，但其实他和朱利安一样，非常关心安妮。迪克很有智慧，脑袋里装满了鬼点子，总会在关键时刻挺身而出，用过人的机敏化解团队危机。

乔治

乔治的本名是乔治娜，她 11 岁，是个假小子。她的头发和男孩的一样短，平时穿得也像个男孩子，她更希望大家叫她“乔治”。她刚强勇敢，脾气跟她的科学家爸爸一样暴躁。她有一只忠心的大狗——蒂米，蒂米愿意为乔治小主人做任何事情。如果有人称呼乔治的本名或者取笑蒂米的话，乔治就会生气；但是如果有人叫她“乔治”或者误认为她是男孩的话，她就会很开心。

安妮

10 岁的安妮是侦探团里年纪最小的，所以备受照顾。因为年龄小，在探险的时候她比侦探团里的其他小伙伴更容易害怕，也不像他们那样热衷于冒险，但是她很擅长为团队做计划和整理内务。尽管她有时候很胆小，但每当遇到危险，她还是会和小伙伴们一样勇敢。

蒂米

蒂米是乔治的狗，聪明又勇猛，模样有点怪。它是一只大型的棕色混种狗，尾巴特别长，嘴巴又宽又大，耳朵尖尖的；它对侦探团的孩子们既忠诚又喜爱，多次挺身而出保护孩子们。

侦探团的朋友们

琼

琼是个聪明狂野的女孩，她是后来才加入侦探团和大家一起探险的。她和侦探团孩子们的年纪相仿，和乔治一样——她也是个假小子。她爸妈以前在马戏团工作，但是后来妈妈离开了她，爸爸因为盗窃被监禁。她喜欢迪克，也很为迪克着想。

乔安娜

乔安娜是乔治家的管家。她长得有点胖，是个非常热心的人。每当昆廷叔叔和范妮婶婶外出的时候，她总是会在科林庄园照顾孩子们。孩子们都非常喜欢她。

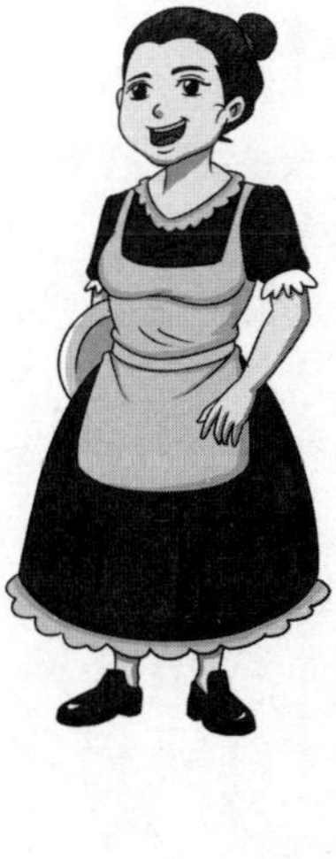

家庭成员

范妮婶婶

范妮婶婶是乔治的妈妈，是朱利安、迪克和安妮的婶婶，她的丈夫是昆廷。她是书中最主要的母亲形象。她为人善良随和，对丈夫的急性子和健忘都给予了莫大的耐心和包容。

昆廷叔叔

昆廷叔叔是乔治的爸爸，他是世界著名的科学家。他性子又急又暴躁，对放假在家的孩子们容忍度较小——他认为孩子们实在太吵闹了，但至少他还是个懂得爱与关怀的丈夫、爸爸和叔叔。女儿是他最大的骄傲。在孩子们的探险中，他几次被绑架，成为人质。

目录

1

给乔治的信

安妮正在公共休息室的角落里预习功课，她的堂姐乔治突然闯了进来。

乔治不是男孩，而是一个女孩。她的本名叫乔治娜，因为一直想当男孩子，所以坚持要求大家都称呼她为“乔治”。此时她正朝着安妮走过来，顶着一头剪得很短的鬈发，明亮的蓝眼睛里闪烁着愤怒的光芒。

“安妮！我刚刚收到家里的来信。你猜怎么着？我爸爸要去我的岛上做一些特殊的实验，说是要在城堡的庭院里建一座塔什么的。”

其他女孩都饶有兴趣地抬起头来。安妮伸出手，接过乔治挥舞着的那封信。

大家都知道，科林湾附近的那座小岛是属于乔治的。科林岛很小，岛中央有座破败的城堡，如今成了兔子、海鸥和寒鸦的家园。城堡里还有一座地牢。乔治和她的堂兄妹们在那里经历过一两次奇妙的冒险。

这座岛原本属于乔治的妈妈，后来妈妈把岛送给了乔治。只要涉及和科林岛有关的事，乔治就会变得凶巴巴的。那是她的岛！没有她的许可，任何人都不能踏足半步，更别提在岛上住了。

而现在，她爸爸说要去岛上住，还要在那里建房子！乔治气得脸都红了。

“这就是大人们的做派。他们先给你一些东西，然后依然把这些东西占为己有，一切都仍然由他们支配。我不想让爸爸住在我的岛上，更别提盖什么又脏又乱的破棚子了！”

“哦，乔治！你爸爸可是一位非常有名的科学家，他需要一个安静的地方工作。”安妮拿着信问，“你就不能把科林岛借给他一段时间吗？”

“他可以在很多地方安静地工作！”乔治说，“哎，我原本计划得好好的，我们一起去科林岛过复活节假期。我们划船去，带上食物和别的东西，就像从前那样自由自在地玩。如果爸爸在岛上，我们就不能在那里度假了。”

安妮打开了范妮婶婶写的那封信。

亲爱的乔治：

有一件事，我想我必须马上告诉你。为了完成一些非常重要的实验，你爸爸打算在科林岛住上一段时间。他要在那儿修建一个建筑——可能是一座塔或者类似的东西。他需要一个绝对安静、与世隔绝的地方。因为某些特殊的原因，那个地方还必须被水包围着。这一点对他的实验至关重要。

亲爱的宝贝，希望你不要为此烦恼哦。我明白，你一直把科林岛看作是你的专属领地。但是现在，你必须学会和家人分享它。因为对于你爸爸的科学研究来说，科林岛也非常重要。你爸爸以为你会非常乐意地把科林岛借给他，但是我知道，你并不这样想。所以我先写信告诉你，以免你回到科林庄园之后才发现他已经占据了那座岛，而且还在那里建起了高塔。

……

那封信里还写了些别的事，但是安妮没有仔细去读。

她抬头看着乔治：“我不明白你为什么那么介意你爸爸借了科林岛！换成是我，就一点都不介意——如果我有那么幸运，能有一座属于自己的小岛的话！”

“你爸爸会先跟你商量，征求你的同意。”乔治闷闷不乐地说，“可我爸爸从来不会那样做。他只做自己喜欢的事，从来不管别人怎么想。我原以为他会自己写信来和我商量，可是他只会惹我发脾气。”

“可是你真的很容易发脾气啊，乔治。”安妮笑着说，“嘿，

别那么瞪着我。没有你的允许，我可不会借用你的科林岛。”

但乔治没有笑。她拿起信又读了一遍，表情更沮丧了。

“美好假期的所有计划全泡汤了！”乔治说，“你不知道科林岛在复活节的时候有多棒！到处都盛开着迎春花和金雀花，还有蹦蹦跳跳的小兔子。我一直期待着这一天，和你、朱利安还有迪克一起去岛上度假。自从去年夏天露营之后，我们还没有一起聚过呢。”

“我当然明白。在科林岛上度假，就像绿野仙踪一样美妙。”安妮说，“不过，也许你爸爸不介意我们也在那儿呢？我们不会打扰到他的。”

“和我爸爸一起住在科林岛，那可和我们自己玩不一样。”乔治带着嘲笑的语气说，“你知道的，和他在一起有多可怕！”

没错，安妮当然不觉得和昆廷叔叔一起待在科林岛会很有趣。昆廷叔叔是一个脾气急躁、没有耐心的人。他一旦沉浸在自己的科学实验中，就不能容忍任何打扰。哪怕是一点点的噪声，都会让他心烦意乱。

“想想看，他是不是要对着那些聒噪的寒鸦和海鸥大吼大叫，让它们保持安静！”安妮咯咯地笑了起来，“他迟早会发现，科林岛根本不像他想象得那么安静！”

乔治也轻轻地笑了一下。她把信叠起来，转身准备离开。“这是在挑战我的忍耐极限。”她说，“如果他能提前征求我的意见，我也不会这么气愤。”

“可是你爸爸永远不会那样做啊！因为他根本想不到。”安妮说，“乔治，别把时间都耗在计较这些不开心的事情上面。去学校犬舍接蒂米吧，它会让你开心起来的。”

蒂米是乔治养的狗，是一只棕色的混种大狗，乔治非常喜欢它。它长着一条搞笑的长尾巴，大嘴巴朝两边咧开，像是在哈哈大笑。乔治、安妮、朱利安和迪克都很喜欢它。它是那么友善可爱，活泼有趣。乔治堂兄妹四人和蒂米共同经历了很多次冒险，一起度过了许多快乐的时光。

乔治去接蒂米了。这所学校允许孩子们养宠物——如果不是这样的话，乔治就不会上这所寄宿学校了。她可离不开蒂米，哪怕一天也不行。

看到乔治走近，蒂米兴奋地叫了起来。乔治沮丧的脸上露出了笑容。亲爱的蒂米，忠诚的狗狗，最好的朋友！它永远站在乔治这边，无论她做什么，它都像真正的朋友一样坚定地支持她。在蒂米眼里，乔治就是世界上最棒的人。

很快，乔治带着蒂米穿过操场。像往常一样，乔治把她爸爸擅自占用科林岛的事情一五一十地告诉了蒂米。蒂米一如既往地专心倾听，好像能理解她说的每一句话，就连路边突然蹿出一只兔子，它也没有离开小主人半步。这就是蒂米的本领，它总是能够觉察到乔治什么时候不高兴。

蒂米时不时地舔舔乔治的手。等回到学校时，乔治已经

感觉心里舒服多了。她带着蒂米从侧门偷偷地溜进宿舍。学校不准孩子们把狗带进宿舍，但乔治偏要按照自己喜欢的方式做事，这和她的爸爸一模一样。

乔治带着蒂米一溜烟地进了宿舍。蒂米飞快地钻到床底躺了下来，尾巴轻轻拍打着地板，它完全明白乔治的意思。今天晚上，乔治需要和它亲近，从它这里得到安慰。等熄灯以后，它就可以跳到床上，依偎在乔治的膝盖旁。想到这里，它那棕色的眼睛闪烁出喜悦的光芒。

“现在乖乖躺着。”乔治说完，走出房间去找安妮。安妮正忙着给她的两个哥哥——朱利安和迪克写信。他们在另一所寄宿学校念书。

“我把你爸爸想借用科林岛的事告诉他们了。”安妮说，“乔治，你愿意过来和我们一起度假吗？这个假期我们不去科林了，你也不用因为你爸爸占用了你的岛而一直生气。”

“不了，谢谢。”乔治立刻拒绝了安妮的好意，“我得回家盯着我爸爸！我可不想让他的实验把科林岛炸飞了！我敢肯定，他又在胡乱摆弄那些炸药。”

“噢——是类似原子弹那样的东西？”安妮问。

“我也不知道。”乔治说，“再说，我也应该回科林庄园陪陪妈妈。如果爸爸去岛上工作，他会住上很长一段时间，妈妈一个人会很孤单的。”

“嗯，如果你爸爸不在庄园里，至少我们不用整天轻手轻脚的。”安妮说，“我们可以想怎么闹就怎么闹，为所欲为！开心一点，乔治！”

但是，妈妈的来信带来的沮丧情绪仍然困扰着乔治，她花了很长时间才从中摆脱出来。即使蒂米每天晚上在床边陪伴着她（后来被老师发现了，让老师大发雷霆），也无法弥补她心中深深的失望。

这个学期很快就要结束了。四月来临，伴随着阳光和细雨，复活节假期越来越近了！这让安妮越发想念科林岛，想念那里可爱的沙滩、蔚蓝的大海、小小的渔船，还有悬崖边的小路。

朱利安和迪克也盼望着相聚。这学期他们和女孩们同一天放假，他们终于可以在伦敦相见，然后一起去科林庄园。真是太棒啦！

放假的日子终于到了，各式各样的行李箱堆满了学校大厅。一些汽车开来，把那些家离学校近的孩子们接走了。老师们准备自己开车，把家住得远的孩子们送到火车站去。到处充斥着孩子们的喧哗声、吵闹声，老师们都听不见自己的说话声了。

“任何人都会觉得这些孩子全都疯掉了。哦，谢天谢地，他们终于上车了。”一个老师对另一个老师说，接着又冲乔治喊道，“乔治！你一定要用每小时 60 英里的速度在走廊乱跑吗？还有蒂米，一定要汪汪叫个不停吗？”

“是的，我不得不这样！”乔治大喊着，“安妮，你在哪儿？快点上车。啊哈，我抓住蒂米了。它也知道我们放假了。快点，蒂米！”

孩子们很快到达了火车站。他们唱着歌列队进站，然后一窝蜂似的挤进了车厢。

“嘿，这是我的座位！”

“谁拿了我的包？”

“海蒂，坐到那边去，别让你的狗和我的狗待在一起。它们不喜欢远足旅行。”

“哇，调度员终于吹哨子啦！出发喽！”

列车拉响汽笛，缓缓地驶出车站。火车头拖着一排长长的车厢，里面挤满了去度假的女孩们。火车驶过宁静的乡村，穿过小镇和村庄，最后行驶到雾气弥漫的伦敦郊区。

“朱利安和迪克的火车应该比我们早到两分钟。”安妮靠在窗边说道，她注视着火车缓缓驶入伦敦车站，“如果火车准点，他们会在站台上迎接我们。快看，他们在那儿呢！”

乔治也向窗外看去。“嗨，朱利安！嗨，迪克！”她大声欢呼，“我们到啦！”

2

重返科林庄园

再次相聚真是太好了！朱利安、迪克、安妮、乔治和蒂米，一见面就冲进火车站的茶室，吃着面包，喝着姜汁汽水。见到两个男孩，蒂米兴奋得像是发了疯，一直想跳上他们的膝盖。

“看这儿，蒂米！嘿，老伙计，见到你真高兴。”迪克说，“但你已经把我的姜汁汽水打翻两次了。乔治，它这学期表现得好吗？”

“嗯，它的表现相当不错。是吧，安妮？”乔治想了想说，“我的意思是，它确实把餐柜弄坏过，但就那么一次；它确实咬了垫子，但也没有撕烂；至于把胶鞋藏起来这事儿，可怪不着蒂米，谁让人们把鞋子扔得到处都是呢。它只是喜欢这种藏东西的小游戏罢了。”

“我猜这就是胶鞋们的最终结局吧。”朱利安咧嘴笑着

说，“蒂米，你的成绩单亮红灯了哦，恐怕昆廷叔叔不会给你硬币作为奖励了。”

听到朱利安提起自己的爸爸，乔治又皱起了眉头。

“瞧瞧，亲爱的乔治还在生闷气呢。”迪克用一种戏谑的声音说，“她要是哪天不发脾气，就不是我们认识的乔治了！”

“好了好了，她已经比以前好多了。”安妮马上为乔治辩护。面对迪克的调侃，乔治没有以前那么敏感了。但是安妮知道，只要提起昆廷叔叔在假期占据科林岛的事情，还是会点燃乔治的怒火。她可不想让乔治的表情这么快就由晴转阴！

朱利安看着乔治：“我说，你不会把科林岛的事放在心上，对吧？你应该明白，你爸爸是一个拥有超高智商的人，他是世界上最优秀的科学家之一。这样的人物应该有足够的自由，干自己喜欢的事。我的意思是，如果昆廷叔叔因为一些特殊的原因，必须留在科林岛工作，你就应该愉快地回答：‘去吧，爸爸，非常欢迎！’”

乔治心里有点抵触这些话，但她还是认真考虑了一下。她很重视朱利安的意见，而且通常都会按照他说的去做。朱利安是他们中间年纪最大的，他个子高大，相貌英俊，有着坚定的眼神和结实的下巴。

乔治挠了挠蒂米的头，低声说：“好吧，朱利安，我不会再发脾气了，但是我真的非常失望，我原本都计划好了，这个假期和你们一起去科林岛玩呢。”

“是啊，我们也感到很遗憾。”朱利安说，“抓紧吃面包吧，伙伴们。我们得赶紧穿过伦敦市区，赶上去科林的火车。再不快点，就要错过开车的时间了。”

很快，孩子们坐上了开往科林的火车。多亏朱利安迅速找到了搬运工和出租车，他们才能顺利地在车厢角落的座位上安顿下来。安妮崇拜地看着哥哥，朱利安真棒，他知道该怎么解决这些事！

“朱利安，你看我长高了吗？”安妮问，“真希望在这个学期结束之前，我能长到和乔治一样高！”

“嗯，你可能比上学期高了两厘米。”朱利安回答，“但是安妮，你不可能追上我们的，你永远是最小的一个！可是我就喜欢你这么小小的。”

“看着蒂米，它又把头伸出窗外了！”迪克说，“烟尘会钻到你眼睛里。你如果因为这个变瞎了，乔治会伤心得发疯的！”

“汪汪！”蒂米摇着尾巴回应了一声。这就是蒂米的聪明之处，它总是能明白别人是在跟它说话，即使言语中没有提到它的名字，它也会马上做出反应。

范妮婶婶坐着马车到火车站来接他们。一看到范妮婶婶，孩子们都扑了过去，他们都非常喜欢她。范妮婶婶心地

善良，温柔可亲，她经常帮孩子们掩饰小错误，以免被她那聪明又没耐心的丈夫发现而大发脾气。

“昆廷叔叔还好吗？”马车出发时，朱利安礼貌地问。

“他挺好的，最近一直非常兴奋。”范妮婶婶回答道，“说真的，我还从来没有见过他这么兴奋，这说明他的工作进展得很顺利。”

“我想您也不知道他的最新实验是什么吧？”迪克问道。

“哦，不知道。他一个字也不肯告诉我。”范妮婶婶回答，“当然，除了同事之外，他也不会告诉任何人。不过我知道这项工作对他非常重要，实验的最后阶段必须在被水环绕的地方进行。哦，别问我为什么——不知道。”

“看！科林岛！”安妮突然喊道。他们绕过一个拐角，科林湾就映入了眼帘。一座奇特的小岛守卫着海湾的入口，岛中央矗立着一座废弃的城堡。阳光照耀着蔚蓝的海面，小岛显得格外迷人。

乔治专注地望着那座小岛，她正在寻找某个建筑物，虽然不知道具体是什么，但她爸爸说过要在岛上修建实验用的建筑。其他人也和她一样，注视着，寻找着。

啊，一眼就看到啦！一座又高又细的尖塔从城堡的庭院里拔地而起，形状就像灯塔一样。塔顶是一间封闭的玻璃小屋，在阳光下闪闪发光。

“哦，妈妈，我不喜欢这玩意儿！它把科林岛给毁了。”

乔治又惊愕又沮丧。

“亲爱的，等你爸爸做完实验就会把它拆掉。”范妮婶婶说，“你看，那只是一个并不牢固的临时建筑，很容易就推倒了。你爸爸答应我了，工作一结束就会尽快拆掉。他还说，那座塔挺有意思的，如果你愿意的话可以去看看。”

“哦，它看起来很奇怪，我倒是很想去看看。”安妮立刻说，“范妮婶婶，昆廷叔叔是一个人待在岛上吗？”

“是的，但我可不喜欢他一个人待着。”范妮婶婶回答，“他肯定不会好好吃饭。我也担心他在做实验时可能会受伤。如果只有他一个人待在那儿，万一发生了什么意外，我都没法知道。”

“范妮婶婶，您可以让叔叔每天早晚都给你发一次信号。”朱利安想出一个不错的主意，“他很容易办到，只要用那座塔就可以。早晨，昆廷叔叔可以用镜子反射日光来传递信号，表明他一切都好。到了晚上，他可以用灯光发信号。哈哈，这太简单了！”

“是的，我确实提出过这样的要求。”范妮婶婶说，“我跟他说明天会和你们一起去岛上看他。亲爱的朱利安，也许你能劝劝你的叔叔，他好像挺把你的话当回事的。”

“天哪，您是说爸爸同意我们进入他的秘密基地，去参观那座奇怪的塔吗？”乔治惊讶地问，“不过我可不想去。毕竟，那是我的岛！眼睁睁看到别人霸占它，实在让人难受！”

10

“好了，乔治，别再这么说了。”安妮叹了口气说，“什么叫你和你的岛！你为什么不愿意把它借给你爸爸呢？范妮婶婶，您应该看看乔治刚收到信时那发飙的样子，当时我都被吓坏了！”

大家都笑了起来，只有乔治和她妈妈仍然绷着脸。范妮婶婶看上去忧心忡忡。乔治总是那么难缠！如果她爸爸有什么事情让她挑到了毛病，她就会强烈反抗，一次又一次地和自己的爸爸作对。可是，她又和她爸爸那么相似——两个人都脾气暴躁，动不动就发火！哎，如果乔治能像她的三个堂兄妹一样脾气温和、好相处，那该多好啊！

乔治看着妈妈愁眉苦脸的样子，感到有些羞愧。她把双手放在妈妈的膝盖上说：“好了，妈妈！我会尽力控制情绪，不再乱发脾气了。我知道爸爸的工作很重要，明天我就和您一起去岛上看他。”

朱利安轻轻地拍了一下乔治的后背。“这就对了，乔治！这不是屈服，而是有尊严地让步！看来你明白了这个道理。乔治，当你懂得了这么做，才真正像男孩子一样有气量。”

乔治顿时高兴起来，她喜欢朱利安说她像个男孩子。她可不想让自己像有些女孩那样心胸狭窄，斤斤计较。

不过安妮似乎有点愤愤不平。“不是只有男孩才懂得体面地让步，”她说，“很多女孩也能做到这一点。等着瞧吧，我就是这样的！”

“天哪，又是个一点就着的小火源！”范妮婶婶笑着说，“好了，所有人立即停止争论！孩子们，科林庄园已经到了。看，迎春花开满了花园，桂竹香长出来了，水仙花也从四处探出了头。这儿可真美啊，不是吗？”

是啊，这儿真是美极了。回到科林庄园真是太开心啦！四个孩子和蒂米飞奔着冲进大门，然后拥进屋子。他们见到了厨师乔安娜，大家都很高兴。这个假期乔安娜会一直待在庄园帮忙。她微笑着迎接孩子们，蒂米围着她欢快地又蹦又叫，她轻轻抚摸着蒂米的头。

“天哪！你们是不是又长高了？”乔安娜说，“朱利安都这么高啦。我敢肯定，你的个头已经超过我了！还有小安妮，你也长这么大啦！”

这话让安妮心花怒放。朱利安回到大门口，帮范妮婶婶把一些小包裹从马车上搬下来，又搬了些大箱子。随后，朱利安和迪克一起把所有的行李都搬到了楼上。

安妮也跟着上了楼，迫不及待地想看看自己以前住的卧室。回到科林庄园可真惬意啊！她从卧室的窗户往外望去。这边看到的是庄园后面的旷野，那边看到的是绵延的海岸线。这风景真是太美了！她一边整理背包，一边哼起歌来。

这时迪克拎着乔治的包走进安妮的卧室。“迪克，我觉得昆廷叔叔去了科林岛也挺好的。虽然这意味着我们不能经常去岛上了。”安妮对他说，“他不在家的时候，我们可以更自在些。他很聪明，对我们也很好，但我就是有点怕他。”

迪克笑了起来：“我倒是不怕他。不过说句实话，我们在这里度假的时候，他如果也在家里，确实有点扫兴。幸好，范妮婶婶说他会一直待在科林岛。”

这时，从楼下传来一个声音：“孩子们，下楼来喝茶吧。还有热乎乎的松饼哦，新鲜出炉的！”

“范妮婶婶，我们马上就来！”迪克回答道，“走吧，安妮，我饿极了。朱利安，你听见范妮婶婶的话了吗？”

乔治上楼来接安妮。回到家里，她感到异常兴奋。至于蒂米嘛，它正忙着巡视房子的每一个角落，兴高采烈地嗅来嗅去。

“它总是那样！”乔治说，“好像觉得这儿会有某张椅子或桌子，闻起来和以前不一样。快过来，蒂米，喝下午茶了！妈妈，既然爸爸不在家，蒂米可以坐在我旁边吗？它现在可乖了。”

“那好吧。”范妮婶婶答应了。下午茶正式开始，多么丰盛的茶点啊，看起来足够给 20 人聚会享用了，乔安娜真是个好厨师，她一定忙活了整整一个下午！不过，即使有这么多的茶点，他们五个喝完下午茶离开的时候，剩下的也不多了！

安妮、迪克和朱利安三个小孩在赛跑。安妮说：“我跑得不是最快的，但比朱利安快。”请你说说，谁跑得最快？谁跑得最慢？

3

科林岛之旅

第二天，风和日丽。

“我们今天上午就去科林岛吧，”范妮婶婶说，“但是我们得自带食物。我敢打赌，你们的昆廷叔叔肯定不记得我们要过去。”

“他在那儿有船吗？”乔治问道，“爸爸没有把我的船划走吧？”

“是的，亲爱的，他有另一艘船。”范妮婶婶说，“我一直担心，他没办法自己驾船在那些危险的暗礁群中进进出出。他找了一个渔民带路，用绳索把自己的船拖在后面，船上装满了他实验要用的东西。”

“那是谁建造了那座塔呢？”朱利安问。

“哦，是他自己画的图纸，然后研究所派了些人来帮他修建。”范妮婶婶说，“这一切都进行得非常迅速。当地的人

们都特别好奇，不过他们知道的也不多。在岛上帮忙的都不是当地人。只有一两个渔民受雇运送一些实验原料什么的，帮岛上的那些人安置下来。”

“听起来很神秘啊。”朱利安说，“说真的，昆廷叔叔的生活太刺激了，是吧？我也想当一个科学家，等我长大了，也要成为一个真正有价值的人。我可不想只是在别人的办公室打工，我要有自己的一番作为。”

“我想我会成为一名医生。”迪克说。

“我要去找我的船了。”乔治说。她对这个话题完全不感兴趣。她非常清楚自己长大后要做什么——当然是和蒂米一起住在科林岛！

范妮婶婶非常期待这次旅行，为此她准备了充足的食物。她已经好几天没见到自己的丈夫了，非常想知道他过得怎么样。

所有人都来到了海滩。朱利安拎着一袋食物。乔治已经准备好她的船，等在那儿了。渔家男孩阿尔夫也在那里，他是乔治的朋友，过来帮他们推船。

阿尔夫冲他们咧嘴笑了笑，他对他们过去的经历一清二楚。有一次乔治的爸爸坚持要把蒂米送走时，是阿尔夫帮忙照看了一段时间。乔治从没有忘记阿尔夫照看过蒂米这件事，她每个假期都会来看他。

“现在出发去科林岛吗？”阿尔夫说，“岛中央有个奇怪的东西，像是灯塔。抓住我的手，安妮小姐，让我扶你上船。”

安妮扶着阿尔夫的手上了船。而乔治和蒂米已经自己跳进了船里。很快，所有人都上船了。阿尔夫用力推了一把，小船向着大海出发了。海水平静清澈，安妮甚至可以看到水底的每一块石头！

朱利安和乔治卖力地划桨，船飞快地离开了海岸。乔治唱起船歌，其他孩子也跟着唱了起来。再次驾船出海真是太棒了！美好的假期啊，你慢慢来，不要匆匆忙忙地离开！

小船接近科林岛准备靠岸时，范妮婶婶显得有点紧张。“乔治，你会当心那些可怕的礁石的，对吧？今天的海水这么清澈，我看得很清楚，它们就藏在水面下。”

“妈妈，您知道我已经划船来过科林岛几百次了！”乔治大笑着说，“肯定不会撞上的！每一块礁石的位置都印在我脑子里。我闭着眼都能划过去。”

科林岛四周都是高耸入云的岩石，只有一个地方可以让小船安全地靠岸。那是从一片浅滩延伸出来的一个小海湾，形成了一座天然的小港口。乔治和朱利安把船划到岛的东边，从一面陡峭的岩壁绕了过去。小海湾就静静地躺在那儿，海浪平缓地涌向岸边。

当其他人都在划船时，安妮却一直观察着这座岛。和她记忆中的一样，一座废弃的城堡矗立在岛的中央。摇摇欲坠的尖塔上落满了寒鸦，老旧的墙壁上覆盖着常春藤。

“真是个好地方！”安妮感叹道。她凝视着那座从城堡庭院里拔地而起的怪异的塔。那不是用砖块砌成的，而是用一些光滑闪亮的材料建造的。很显然，这样的设计是为了方便把这些材料带到岛上，并且能够迅速组合成某种建筑。

“看，塔顶上那间玻璃小屋，像一间瞭望室！这是不是很奇怪？”迪克说，“我想知道那是干什么用的？”

“那座塔可以爬上去吗？”迪克转向范妮婶婶问。

“是的，塔里有部狭窄的螺旋式楼梯，”范妮婶婶回答道，“这就是塔内的一切。最顶层的那间玻璃小屋非常重要，里面有一些奇怪的电线，对你叔叔的实验至关重要。除此之外，我不知道他还用这座塔做什么——它只是在那里自己运转着，这对他正在进行的实验也有些影响。”

安妮没有听懂范妮婶婶的解释。这实在太复杂了。“我很想到塔上去看一看。”她说。

“也许你们的叔叔会同意的。”范妮婶婶说。

“除非他的心情特别好。”乔治补充了一句。

“注意点，乔治。别这么说你爸爸。”范妮婶婶说。

小船驶进了海港，缓缓地停靠在海岸边。那儿已经停着一艘船了——昆廷叔叔的船。

乔治和朱利安先跳下船，把船往岸上拖得更远一些，这样其他人下船时就不会弄湿鞋子了。所有人都下了船，蒂米也高兴地跑上岸。

“不行，蒂米！”乔治发出警告。蒂米回过头，失望地看着小主人，好像在说：“我只是去看看有没有兔子，为什么要阻止呢？只是看一眼，这样都不行吗？”

啊，兔子！一只、两只、三只……到处都是！它们安静地坐在那里，望着这群从海边走来的不速之客。它们一动不动，只是偶尔晃一晃耳朵，耸一耸鼻子。

“看，它们还是那么温驯！”安妮高兴地说，“范妮婶婶，它们是不是很可爱？你看那边的小兔宝宝，它在洗脸呢！”

大家都停下来看着这些兔子。它们确实乖巧得令人惊讶。因为很少有人来到科林岛，兔子一直安静地繁衍，自由自在地奔跑，一点都不怕人。

“哦，快看那一只……”迪克的话还没说完，蒂米就破坏了这幅宁静的画面。可怜的蒂米忍受不了就这么看着，它突然失去了自制力，向那些兔子猛扑过去。受惊的兔子四散逃窜，一只跟着一只冲向洞穴。只见白色的短尾巴上下闪动，瞬间就消失得无影无踪。

“蒂米，看看你做的好事！”乔治生气了。蒂米垂下尾巴，眼神哀怨地望着乔治，似乎在说：“连追兔子都不行吗？真是不通情理的主人！”

孩子们穿过一道破旧的拱门，往城堡走去。那是这座古老城堡的入口，后面有一条石阶通向城堡中央。石阶已经残破不堪，变得坑坑洼洼了。范妮婶婶小心翼翼地走过，生怕被绊倒。可穿着胶鞋的孩子们并不担心，他们飞快地踩着石阶跑了过去。

穿过一扇残破的门廊，他们走进了一个宽敞的庭院。这里曾经有一片石板铺成的地面，但现在已经被沙土覆盖，杂草丛生。

“昆廷叔叔在哪儿呢？”安妮问道。

城堡里原来有两座塔，一座几乎已经完全倒塌，另一座的情况稍好一些。寒鸦在高塔周围盘旋，不时擦着孩子们的头顶飞过，带着哭腔叫着：“啊，啊，啊！”

“我猜你爸爸就住在那间屋子里，里面有两扇像裂缝一样狭窄的窗户。”迪克对乔治说，“城堡里其他地方都成了废墟，那里是唯一能遮风挡雨的地方。你还记得吗，我们曾经在那个房间住过一晚？”

“我当然记得，那晚很有意思。”乔治说，“我想那就是爸爸住的地方。除此之外没别的地方了，除非他住在地牢里！”

“不到万不得已，没人会愿意住在地牢里！”朱利安说，“那里又黑又冷。乔治，你知道你爸爸会在哪儿吗？到处都没看到他。”

“妈妈，您知道爸爸在哪儿吗？”乔治问，“他的实验室会在那间老屋子里吗？”乔治指向那间黑乎乎的屋子。房间的墙壁和屋顶都是石头砌成的。整间屋子紧贴着城堡的一面残壁，从里面凸出来。很久以前曾有人在里面居住，现在就剩下这些了。

“这个嘛，我不太清楚。”范妮婶婶回答，“我想他是在那边工作吧。他总是在那个小海湾和我见面，我们也只是坐在沙滩上吃点东西，聊聊天。他似乎不想让我在岛上到处转。”

“那我们喊他出来吧。”迪克提议。于是孩子们大声喊起来：“昆廷叔叔！昆廷叔叔！你在哪儿——”

喊声震天，寒鸦受到惊吓飞了起来。几只停驻在断壁上的海鸥也加入了喧闹，不停地“喔喔”叫着。兔子瞬间跑得不见了踪影。

昆廷叔叔没有出现。于是他们又喊了一声：“昆廷叔叔——你在哪儿——”

“太吵啦！”范妮婶婶捂住耳朵说，“这么喊下去，乔安娜在家里都能听到了。你们的叔叔最讨厌吵闹了，天哪，他到底在哪儿？我告诉过他今天会带你们过来。”

“他一定就在附近。”朱利安兴高采烈地说，“那句话怎么说来着？‘山不过来，我就过去。’[①] 我想他可能正沉浸在某本书中呢，也可能在忙别的事，我们去找他吧。”

“我们去那间小石屋找找。”安妮说。于是他们穿过石门，走进那间黑暗的小屋。屋里黑乎乎的，只有两扇窗户透进来一点光。在房间的另一头，厚厚的石墙上有一处凹陷下去，那里曾经应该是壁炉的位置。

“他不在这儿。”朱利安有些惊讶，“更奇怪的是，这里什么都没有！没有食物，没有衣服，没有书，没有任何东西。这里肯定不是他的实验室，也不是他住的地方！”

---

① 源自伊斯兰教穆罕默德的故事，寓意为如果无法改变别人，那就改变自己。——译者注

“那他肯定在地牢里。”迪克说，“也许他的实验必须在地底下进行，四周还得被水包围着！我们还是先去地牢的入口吧。我们知道它的位置，就在庭院的正中央，离那口废弃的水井不远的地方。”

“对啊，他一定在地牢里。”安妮说，“范妮婶婶，您要和我们一起去吗？”

“不，我可受不了地牢。”范妮婶婶说，“我还是坐在角落里晒太阳吧。快到午饭时间了，我去把三明治拿出来。”

“太好了。”孩子们齐声说道，然后他们走向地牢的入口。入口处有一块大石板，他们原本期待石板是立着的，那样他们就可以直接沿着台阶走下去了。可是石板平放在地面上。

朱利安正要拉动铁环把石板抬起来，却注意到一些奇怪的事。“看，石板周围长着很多杂草。”他说，“肯定很久没人打开过这个入口了。昆廷叔叔根本不在地牢里！”

“那他会去哪儿了呢？”迪克问，“他到底在哪儿呢？”

4

昆廷叔叔在哪儿？

四个孩子围在一起，盯着盖住地牢入口的那块大石板。蒂米绕着他们的腿跑来跑去。朱利安说得没错，这块石板肯定好几个月没人动过了。四周的杂草长得很深，根都扎进石头缝里去了。

“不用费力气抬起石板了，里面不会有人的。”朱利安肯定地说，“如果最近有人来过，这些杂草会被连根拔起的。”

“而且入口的石板那么重，一旦落下来，里面的人根本没法出来。”迪克接着说，“昆廷叔叔才不会傻到把自己关在地牢里呢！”

“那是当然。”安妮说，“这么说他不在地牢里。那他肯定去别的地方了。”

“可是他会去哪儿呢？”乔治问道，“岛就这么大。我们熟悉这里的每一个角落。他会在我们曾经藏身的那个山洞里吗？那是岛上唯一的山洞。”

“嗯，很有可能。”朱利安说，“不过我对此表示怀疑。要想进入那个洞，必须从顶上的洞口跳下去，要不然就得沿着海边的岩石爬进去，那可需要爬上好久呢，我想昆廷叔叔不会这么干的。”

但他们还是离开城堡，去往那个山洞。山洞在岛的另一边，他们曾经在洞里过夜。就像朱利安说的那样，进入这个山洞只有两个办法，一个办法是从临海的一侧攀爬滑溜的岩石，那可不是件容易的事；另一个办法是从顶上的洞口进入，顺着绳索滑下去。

很快，他们找到了半掩在石南花丛中的那个洞口。朱利安摸索了一会儿，确认他们以前留在这里的那根绳子还在。“我滑下去看看。”他说。

朱利安顺着绳子往下爬。绳子隔一段就打了个结，这样他就可以踩着绳结，不至于滑得太快而磨破了手。

朱利安很快进入了山洞。一束微弱的光从临海的一侧照进来，他借着光迅速环顾四周。除了一个旧木头箱子，洞里空无一物，那个箱子还是他们上次来这里时留下的呢。

他又顺着绳子爬上去，从洞口探出头。

迪克立刻伸出手拉他，问道：“有昆廷叔叔的线索吗？”

“没有，他不在，也没来过。”朱利安回答，“这真是个谜！昆廷叔叔在哪儿呢？他的实验设备又放在哪儿呢？范妮婶婶说过，他运了很多东西到岛上啊。”

“他会不会在那座塔里？”安妮突然插话，“也许在塔顶的玻璃小屋里。”

“那样的话，他应该立刻就能看到我们！也能听到我们的叫喊声！”朱利安表示不同意，“不过我们还是去看看吧。”

于是孩子们又回到了城堡，走向那座奇怪的高塔。

“午饭准备好了，快来吃吧！”看到他们，范妮婶婶招呼道，“但愿你们的叔叔会自己冒出来。”

“可他会从哪儿冒出来呢？我们到处都找遍了！”安妮百思不得其解。

范妮婶婶和孩子们不一样，她并不熟悉科林岛。在她的想象中，岛上应该有很多地方可以居住或是工作。她只是平静地说：“没关系，他应该会出现的，我们先吃饭吧。”

“我们应该再去塔上看看。”朱利安说，“万一昆廷叔叔在那儿工作呢？”

四个孩子和蒂米一起回到城堡的庭院，那座塔就矗立在那里。他们用手抚摸着塔上那些光滑发亮的小部件，那些小部件呈圆弧形排列在一起。

“这是用什么做的？”迪克问。

“我猜是某种新型的塑料材料。”朱利安回答，“看起来又轻巧又结实，还很容易安装在一起。”

“我很担心，一阵大风过来就把它吹倒了。”乔治质疑道。

“我也这么想。”迪克表示赞同，“看，这儿有扇门。”

那扇门很小，顶部呈拱形。锁孔里还插着一把钥匙。朱利安上前转动钥匙，门就开了。门是朝外开的，朱利安把头探进去，四处看了看。

塔里的空间并不大，有一部螺旋式楼梯通向塔顶，是用和塔身一样的材料搭建的。楼梯一角的空间里，还有一些类似铁钩的奇怪物体，上面缠绕着一段一段的电线。

“最好不要碰它们。”朱利安好奇地观察了一会儿说道，“天哪，这座塔像是只有童话里才会存在的。走，到顶上去看看。”

朱利安顺着螺旋式楼梯往上爬。楼梯很陡，一圈又一圈，仿佛无穷无尽，他被绕得晕头转向。其他人跟在朱利安身后，慢慢往上爬。

在塔的一侧，斜着开了很多扇窗户。每一扇窗户都很小，像裂痕似的东一道西一道地点缀在塔上，透进来一丝丝微弱的亮光，照在楼梯上。朱利安从窗口往外望去，看到了辽阔的海面和远处的大陆，景致真是美极了！

朱利安很快爬到了塔顶，他发现自己置身于一个小小的圆形房间里，四面都是闪闪发亮的厚玻璃。金属电线径直扎进玻璃，穿了过去，伸到塔外的线头无处着力，在冷风中晃

晃悠悠。

小屋里竟然什么都没有！昆廷叔叔当然也不在这里。这座塔似乎就是用来安置这些电线的。它们一头挂在铁钩状的物体上，另一头穿过塔顶的厚玻璃，在空中随意飘动。

朱利安皱着眉头，疑惑地思索着。这些电线到底有什么用呢？它们是在捕捉某种无线电波吗？还是和雷达有什么关联呢？

这时，其他孩子也挤进了玻璃房间。蒂米也跟着爬了上来，为了应付这段螺旋式楼梯，它爬得相当吃力。

“天哪，这地方真是太奇怪了！”乔治惊叹道，“不过，这儿的景色还真不错！看看，这边是宽广的海面，那边是绵延几英里的海湾，后面还有大陆和延伸到远处的群山。”

“是啊，风景真美。”安妮说，“可是，我们还没有找到昆廷叔叔呢，他到底在哪儿呢？我确信他就在岛上。”

“没错，他的船还停在海湾里呢，我们都看见了。”乔治说。

“那他一定还在岛上。”迪克思索着，“可是他不在城堡里，不在地牢里，不在山洞里，也不在这座塔里。那他会去哪儿呢？这真是个难解的谜！”

“我们的叔叔失踪了。他在哪儿呢？”朱利安说，“我们先下去吧，范妮婶婶还在等我们吃午饭呢。看，她在招呼我们了。”

“哦，太好了。”安妮赶紧说，“这间小玻璃房里太挤了，我感觉自己快被压扁了。刚才那阵狂风吹来的时候，你们感觉到塔在摇晃吗？在塔被吹倒之前，我们得赶紧下去！”

安妮顺着楼梯一圈圈地往下走。楼梯实在太陡了，她紧紧抓着旁边的细栏杆，生怕会摔下去。这时蒂米从她脚边经过，害得她差点摔倒。蒂米的下楼速度倒是快得惊人，它一溜烟从楼梯上跑得没影了。

不一会儿，他们就回到了地面，朱利安重新把门锁上。“把钥匙插在这儿，锁不锁门都一样。”他说，“当然，最好还是锁上吧。”

孩子们和范妮婶婶会合了。

“我还以为你们不打算回来了呢！”范妮婶婶说，“看到什么有趣的东西了吗？”

“塔顶的景色真是太美了。”安妮说，“可是我们没有找到昆廷叔叔。范妮婶婶，我们确实在岛上都找遍了，就是找不到他。”

“可是他的船还在海湾里，他也不可能离开科林岛。”迪克补充说。

“是啊，这确实很奇怪。”范妮婶婶边说边把三明治分给孩子们，“不过你们可能不大了解你们的叔叔，他会在恰当的时候出现的。他也许忘记了我要带你们来岛上，所以去忙自己的实验了。如果他突然想起来了，就会自己跑出来的。”

“但是他会从哪儿跑出来呢？”迪克嚼着夹肉三明治，

问道，“他就像玩了一个凭空消失的魔术。”

“等他出现的时候，你自然就知道了，我对于这点毫不怀疑。”范妮婶婶说，“乔治，要不要再来一个三明治？不，蒂米，这不是给你的。乔治，别让蒂米把头伸进盘子里。”

“妈妈，蒂米也饿了。”乔治说。

“我给它带了狗饼干。”范妮婶婶说。

“如果有三明治，蒂米才不会吃狗饼干呢。”乔治说，“它只有在没有其他食物可吃的时候，才会咬狗饼干。它太馋了，看到好吃的就忍不住。”

所有人坐在四月温暖的阳光下，狼吞虎咽地享用午餐，喝着凉爽可口的橙汁。蒂米循着记忆漫步到一块岩石旁边，它以前在这里喝过水。岩石的凹槽里果然积着一汪雨水，蒂米“吧嗒吧嗒”地舔了起来。

“蒂米的记性真好，不是吗？”乔治骄傲地说，“它已经很久没来这里了，还能记得到岩石那边去喝水。”

“蒂米竟然也没有发现昆廷叔叔的踪迹，这就奇怪了。”迪克突然想到，“你们想想看，当时我们都在苦苦寻找，如果蒂米发现了任何蛛丝马迹，它肯定会大声吠叫或是四处扒拉，可是它什么反应都没有。”

“我倒是觉得，在哪儿都找不到爸爸，这事才奇怪呢。”乔治说，“妈妈，我不明白你怎么还能这么淡定。”

“哦，亲爱的，我说过的，我比你更了解你爸爸。”范妮婶婶依然不为所动，“时机一到他自然会出现的。我记得有一次，他在切德的一个溶洞里工作，突然消失了一个多星期。但是等到他完成了实验，就优哉游哉地出现了，好像什么事都没发生过。”

“这真是怪事。”安妮话音刚起，又突然停住了，一阵奇怪的声音在他们耳边响起。“轰隆隆，咕噜噜”，像是一只异常庞大的狗躲在看不见的地方，发出愤怒的咆哮声。紧接着，那座高塔也发出尖锐的嘶嘶声。塔外的电线突然都亮了一下，仿佛被一道闪电照亮。

“现在，我确定你爸爸就在附近。”范妮婶婶对乔治说，“我以前听到过这种噪声，但是我弄不清楚它是从哪里发出来的。”

“这声音从哪儿来的？”迪克好奇地问，“听起来像是在我们脚下。但这不可能啊。天哪，这才是最最神秘的。”

噪声消失了。孩子们继续拿起面包，涂上果酱。这时安妮突然发出一声尖叫，把所有人都吓了一大跳。

“看，昆廷叔叔！他在高塔旁边，正看着那些寒鸦！可他是从哪儿冒出来的呢？”

夜晚过桥，迪克走过去需要一分钟，朱利安需要两分钟，蒂米需要五分钟，安妮需要十分钟。桥一次最多只能承受两个人，过桥必须使用手电筒，现在只有一支手电筒。请问这四个小伙伴如何在 17 分钟内全部过桥？

5

神秘的藏身处

所有人都呆呆地看着昆廷叔叔，他就在那儿，专注地观察着寒鸦，双手插在裤子口袋里。他根本没有留意到孩子们就在旁边，也没有注意到他的妻子。

蒂米欢快地跳起来，扑到昆廷叔叔的脚边，大声吠叫着。昆廷叔叔吓了一跳，他转过身来，先看见了蒂米，然后看到了其他人。大家都惊奇地望着他。

昆廷叔叔慢吞吞地走到他们面前。他的眉头紧皱，并没有显得特别高兴。“哦，这还真是个惊喜啊。”他说，“我怎么不知道你们今天都要来呢。”

“昆廷，你应该知道的！我早就写在你的记事本里了。”范妮婶婶带着责备的语气说。

“哦，是吗？好吧，我已经很久没看过记事本了。怪不得我不记得有这回事。”昆廷叔叔有点不耐烦地说。他吻了

吻了妻子、乔治和安妮，又和两个男孩握了握手。

“昆廷叔叔，您是从哪里过来的？”迪克满怀好奇地问，“我们找您很久了。”

“这个嘛，我就在工作室里啊。”昆廷叔叔回答得有点含糊。

“可您的工作室又在哪儿呢？”迪克继续追问，“说实话，昆廷叔叔，我们完全想象不出您藏在哪里。我们甚至爬上那座塔，想看看您是不是在那间玻璃小屋里。”

“什么！你们怎么能去那儿？”昆廷叔叔突然大发雷霆，吼道，“那儿非常非常危险！我刚做完一项实验，线路都通着电呢。”

“是啊，我们也觉得那些电线有点古怪。”朱利安试图解释。

“行了，你们就不该来妨碍我的工作！”昆廷叔叔仍然怒气冲冲，“你们是怎么进去的？我明明把门锁上了。”

“确实锁上了。”朱利安说，“但是您看，昆廷叔叔，您把钥匙插在锁孔里了，所以我以为我们进去也没关系。”

“哦，钥匙在锁孔里吗？我还以为把它弄丢了呢。”昆廷叔叔恍然大悟，“不过，我不准你们再去那座塔了，那里非常危险。”

“昆廷叔叔，您的工作室到底在哪里？您还没有告诉我们呢。”迪克锲而不舍地追问，“我们都不明白，您是从哪儿突然冒出来的？”

“我告诉过孩子们你会出现的，昆廷。”范妮婶婶说，“亲爱的，你好像又瘦了。你有没有好好吃饭啊？我给你留了很多汤，只要加热一下就可以喝的。”

“汤？有汤吗？”昆廷叔叔似乎完全不记得了，“我忙起来哪顾得上吃饭呢。不过，我现在倒是想吃点三明治，这些你们还吃吗？”

他狼吞虎咽地嚼着三明治，像是饿极了。范妮婶婶看着他，心疼地说：“哦，昆廷，看把你饿的，我必须留下来照顾你！”

昆廷叔叔突然警觉起来：“不，不需要！谁都别到这儿来。我不能受到干扰！我正在进行一项非常非常重要的发明！”

“是不是一项前所未有的伟大发现？”安妮瞪大了眼睛，崇拜地望着昆廷叔叔。他真是无比聪明啊！

“这个嘛，我也不确定。”昆廷叔叔说着，瞬间又吃掉了两个三明治，“尽管我尽力隐藏消息，但直觉告诉我，有人已经知道些什么了。这就是我独自来科林岛的原因——当然啦，我的实验也需要四周和上方都被水包围着。再说了，除非有人带路，否则谁能穿过那些暗礁来到岛上呢。只有少数几个渔民知道路线，但我已经告诉他们不准带任何人来。乔治，我想你是唯一知道路线的人。”

“昆廷叔叔，快告诉我们吧，您的工作室在哪里。”迪克恳求着。他急切地想解开谜底，简直一分钟都不能多等了。

“别老缠着你叔叔了。”范妮婶婶有些愠怒地说，“他还在吃饭呢，他很久没有好好吃东西了！”

“好的。可是范妮婶婶，我……”迪克刚一开口，就再次被打断了。

“听你婶婶的话，年轻人。”昆廷叔叔说，“我不想和你们纠缠了。再说我在哪里工作，和你们有什么关系呢？”

“啊，确实没什么关系。”迪克急忙说道，“我只是太好奇了。您看，我们一直到处找您呢。”

“那只能说明，你可不像自己想得那么聪明。”昆廷叔叔说道，伸手又拿起一个面包，“乔治，让你的狗离我远一点。它一直闻我的脚脖子，想要讨点吃的。我自己还在吃饭呢，哪有工夫给它吃的。”

乔治把蒂米拉开了。范妮婶婶看着自己的丈夫把剩下的食物一扫而光。这些三明治原本是为下午茶准备的，现在全被他吃光了。可怜的昆廷！他肯定是饿坏了！

“亲爱的，你确定自己在这里没有危险吗？”范妮婶婶问道，“我的意思是，没有人像以前那样来窥探你实验的秘密吧？”

“窥探？怎么可能办得到呢？”昆廷叔叔回答说，“飞机无法在岛上降落。划船过来的话，又没人知道路线，无法穿过礁石群。更别提游泳过来了，海面波涛汹涌，那根本不可能。”

“朱利安，你能不能让他答应，每天早晚都给我发个信号呢？”范妮婶婶转向她的侄子说，“不知道为什么，我总是担惊受怕。”

朱利安学着成年人的口吻和他叔叔交涉：“昆廷叔叔，每天给范妮婶婶发两次信号，不算太麻烦吧？”

“昆廷，如果你不答应，我就每天都到岛上来看你。”范妮婶婶又说。

“我们也要来。”安妮调皮地说。

昆廷叔叔可不喜欢这个主意。“好吧，我可以早晚发信号。”他无奈地答应了，“反正我每隔 12 小时就会登上塔顶，重新调整那些电线，我就在那时候给你们发信号。早上十点半和晚上十点半，怎么样？”

“您怎么发信号呢？”朱利安问，“白天是用镜子反射日光吗？”

“嗯，这主意不错，很容易办到。”昆廷叔叔表示同意，“晚上我就用灯光发信号。晚上十点半，灯光闪烁六次，这样你们就知道我平安无事了！也不用再跑来烦我了。但今天晚上别傻等着，我从明天早上才开始呢。”

“哦，亲爱的昆廷，你好像又在生气了。”范妮婶婶劝说道，“我只是不想留你一个人孤孤单单地待在岛上。瞧你又瘦又疲惫，肯定没有……”

昆廷叔叔沉下脸来，和乔治发怒时的表情一模一样。他看了看手表，说：“好了，我必须离开这儿了，是时候开始工作了。我先送你们上船吧。”

“爸爸，我们还想再待一会儿，留在这里喝下午茶呢。”乔治说。

“不行，就当你没说。”她爸爸一口拒绝，然后站起身来，“走吧，我送你们上船。”

“可是爸爸，我已经很久没来科林岛了！”乔治愤愤不平地说，“我想多待一会儿，为什么不行呢？”

“行了，我已经耽误得够久了。”她爸爸说，“我得回去继续工作了。”

“我们不会打扰您的，昆廷叔叔。”迪克说。他仍然非常好奇，昆廷叔叔的工作室到底在哪里，他为什么不肯告诉他们呢？他只是怕被打扰，还是压根儿不想让他们知道？

昆廷叔叔带着他们匆匆走向那个小海湾。很明显，他想让他们赶紧离开。

“我们什么时候可以再过来看你，昆廷？”范妮婶婶问道。

“现在可不好说。不过也用不了多久，我的实验就能完成了。”昆廷叔叔说，“啊呀，蒂米终于抓住一只兔子了！”

“蒂米！”乔治生气地喊道。蒂米连忙松开了爪子，兔子毫发无损地溜走了。蒂米跑到小主人面前，显得很羞愧。

“你这只坏狗狗！我刚把眼睛移开半秒钟！别舔我的手，

我生气了！”乔治愤怒地说。

所有人都上船了。“大家都坐好，我来推船。”朱利安说，“再见了，昆廷叔叔，希望您的实验进展顺利。”

蒂米试探着把头放在乔治的膝盖上，但乔治把它推开了。

“乔治，对蒂米好点，原谅它吧。”安妮替蒂米求情，“它看起来都快哭了。”

“都准备好了吗？”朱利安大声叫道，“乔治，拿好桨了吗？迪克，你去拿另一副。”

朱利安把船推离岸边，然后也跳进了船舱。他用双手拢着嘴，朝岸上大喊：“昆廷叔叔，别忘了发信号！我们会等着看的！”

“如果你忘了，我第二天就过来找你！”范妮婶婶跟着喊道。

船从小海湾滑出，绕过低矮的岩壁，很快划到了广阔的海面上。昆廷叔叔的身影渐渐消失在他们的视线之中。

“朱利安，等船绕过了岩壁，你看看昆廷叔叔是往哪个方向走的。”迪克说，“这样也许能弄清楚他到底去哪儿了。”

朱利安尽力眺望，但是岩壁遮住了海湾，他根本看不见昆廷叔叔的踪迹。

“他为什么不让我们留在岛上呢？就是因为他不想让我们知道他的藏身之地！”迪克确定地说，“他又为什么要隐瞒一切呢？因为那是连我们都不知道的地方！”

“我们知道岛上的每一个角落，”乔治并不赞同这种说法，“如果有什么地方连我都不知道，而爸爸却不肯告诉我，那就意味着这个地方太重要了。我想不出这个地方到底在哪里。”

蒂米再次把头靠在乔治的膝盖上。乔治全神贯注地想着她爸爸的藏身之处，心不在焉地抚摸着蒂米的头。蒂米欣喜若狂，亲热地舔着她的膝盖。

“蒂米，我不是有意要宠坏你。”乔治回过神来，“别再舔我的膝盖了，湿乎乎的，难受死了。迪克，你说得没错，这事很神秘。我爸爸究竟藏在哪里呢？”

“我也猜不到。”迪克回头看了看科林岛。一群寒鸦突然腾起，飞到空中大声叫着：“啊，啊，啊！”

迪克望着这群寒鸦，心想：是什么惊扰了它们呢？是昆廷叔叔吗？寒鸦就在那座古老的高塔上筑巢，也许那里就是他的藏身之处？当然，寒鸦也经常无缘无故地飞到空中叫唤，没什么特别的原因。

“那些寒鸦又在咋咋呼呼了。”迪克猜测道，“或许昆廷叔叔就藏在寒鸦的巢穴附近，就在那座高塔里面？”

“不可能。”朱利安说，“我们已经在那儿找过一圈了。”

“哎，这真成了一个谜。”乔治沮丧地说，“我的岛上藏着一个天大的秘密，我却不能去追踪它、解开它，这真是太糟糕了！”

6 悬崖之上

第二天，天空下起了雨。四个孩子穿好雨衣，戴上雨帽，带着蒂米外出散步。他们从不在意天气怎么样。实际上，朱利安还说过刮风下雨的天气不错，他就喜欢大风夹着雨点拍打在脸上的感觉。

“啊，差点忘了，如果没有太阳，昆廷叔叔就不能反射日光给我们发信号了！”迪克问，“你们觉得他会找到其他办法代替吗？”

“当然不会，他肯定嫌麻烦。”乔治立刻回答，“我敢肯定，他早就烦透我们了。还是等到晚上十点半吧，到时候看看他会不会发信号过来。”

“啊哈，那我可以十点半以后再睡觉吗？”安妮开心地问。

“不行。”迪克说，“只有朱利安和我才能熬夜，你们这些小孩子必须按时睡觉！”

乔治捶了他一拳：“你说谁是小孩子啊！我已经和你一样高了。”

“反正昆廷叔叔晚上才会发信号，现在等着也没用，是吧？”安妮说，“我们到悬崖上面去玩吧。那边的景色很漂亮，风也很大。蒂米会喜欢那儿的。我想看它在风里奔跑，耳朵被吹得立起来！”

“汪！”蒂米叫了一声。

“它说，它也想看看你的耳朵被吹得立起来。”朱利安一本正经地说。安妮哈哈大笑：“朱利安，你真逗！走，我们从悬崖边的小路上去吧！”

孩子们很快就爬上了悬崖。这里的风真的很大，安妮的雨帽都被吹到后脑勺了。风急雨斜，刺痛了他们的脸颊，让他们喘不过气来。

“我们肯定是今天早上唯一来这儿的人！”乔治喘着气说。

“不，你错了。”朱利安说，“有两个人正在朝我们走过来呢！”

还真是！那是一个男人和一个男孩，和四个孩子一样，他们也严严实实地裹在雨衣和雨帽里，穿着高统雨靴。

当他们经过时，孩子们用眼光打量了一下。那个男人的身材高大魁梧，嘴角紧绷，眉毛乱糟糟的。男孩看起来有 16

岁左右，也长得又高又结实。他长得不难看，却摆出一副阴沉的表情。

“早上好。”男人点点头说。“早上好。”孩子们彬彬有礼地回答。那人目光敏锐地扫了他们一眼，带着男孩继续往前走。

“你们不好奇他们是谁吗？”乔治说，“妈妈没说过这儿来了新邻居啊。”

“也许他们只是附近村子的人，路过这里吧。”迪克说。

孩子们继续往前走了一段路。“我们走到海岸警卫的小屋，然后就往回走。”朱利安说，“嘿，蒂米，不要靠近悬崖边！”

海岸警卫住在悬崖上的一所小白房子里。这所房子面朝大海，旁边还有两座小房子，也被刷成了白色。孩子们和海岸警卫很熟，那是一位满脸红光的老人，身材圆滚滚的，像桶一样。他很喜欢开玩笑。

孩子们踏进小屋，却没看见海岸警卫。这时，屋后的小棚子里传来海岸警卫洪亮的声音，他在大声唱着船歌，于是孩子们都跑过去找他。

“你好啊，警卫爷爷。”安妮问候说。

海岸警卫抬起头，朝他们咧嘴笑了笑，他正忙活着制作小玩意儿。“你们好啊！”他说，“你们这些调皮捣蛋的小家伙！都回来啦？”

“您在做什么呢？”安妮问。

“给我的小孙子做风车。”海岸警卫举起风车，递给了安妮。他非常擅长制作玩具。

“噢，真可爱！”安妮接过风车仔细端详，“它的叶片能转吗？哇，可以转，太棒了！”

“我做玩具可是挣了不少钱呢。”海岸警卫自豪地说，“隔壁来了几个新邻居。有一个男人，还有一个男孩。那个男人买下了我做的所有玩具。他应该有很多侄子侄女要送吧！他出手挺大方的。”

“哦，我猜就是我们遇到的那两个人吧？”迪克说，“他们都很高，长得也结实，那个男人的眉毛乱糟糟的。”

“就是他们，柯顿先生和他儿子马丁。”海岸警卫一边说，一边修整着小风车，“他们几个星期之前来到这里。朱利安，你应该和那个男孩交个朋友，我猜他和你差不多大。他在这儿不认识什么人，一定很孤单吧？”

“他不去上学吗？”朱利安问。

“他没有上学。”海岸警卫说，“他爸爸说他病了，需要在海边呼吸新鲜空气什么的。那男孩挺不错的，经常来帮我做玩具，还喜欢摆弄我的望远镜四处看看。”

“我也喜欢用望远镜四处看。”乔治说，“我现在可以看看吗？我想试试能不能看到科林岛。”

“这种天气里你可看不到什么。”海岸警卫说，“稍等几分钟吧。看到云层的缝隙了吗？天色很快就会亮起来，到时候你能清楚地看到你的岛了。你爸爸在那里建造的东西很有趣，我猜那是他研究项目的一部分。”

“是的。”乔治说，“哎呀，蒂米！瞧瞧你干了些什么？蒂米把油漆罐打翻了！坏孩子，蒂米！”

“哦，这不是我的油漆罐。”海岸警卫说，“是隔壁那个男孩拿来的，我说过他有时候会来帮忙。我正在给他爸爸做一个玩偶之家，他把油漆罐拿来帮我上色。”

“哦，天哪。”乔治沮丧地说，“您觉得他要是知道了蒂米干的事，会生气吗？”

“不用担心。”海岸警卫说，“虽然他看起来不太友好，但不是个坏孩子。不过他确实有点古怪——不爱说话，表情阴沉。”

油漆洒了一地，乔治努力把它们清理干净。蒂米的爪子上黏了不少油漆，它在小屋里“吧嗒吧嗒”地跑来跑去，留下一串串绿色的爪印。

“如果我待会儿遇到那个男孩，一定要跟他说声‘对不起’。”乔治说，“蒂米，如果你敢再走近油漆罐子，今晚就别想睡在我床上了。”

“天放晴了，”迪克说，“我们能用望远镜看看科林岛吗？”

“让我先看看，那是我的岛。”乔治第一个冲过去。她把望远镜转向科林岛的方向，仔细地看了看，随后，她脸上露出了笑容。

“我看得很清楚，那是爸爸建的塔，还有塔顶的玻璃房，全都看得一清二楚。里面没有人，也不知道爸爸去哪儿了。”

孩子们轮流用望远镜观察。科林岛仿佛近在眼前，一切都清晰可见，景色令人着迷。如果在晴朗的日子里，会更容易看到所有的细节。

轮到安妮看时，她说：“我看见一只兔子在跳。”

“可别让你的狗也用望远镜观望。”海岸警卫提醒说，“要是它看到了兔子，会把望远镜给扒拉下来！”

兔子？一听到这个词，蒂米立刻竖起耳朵。它环视四周，鼻子使劲嗅了嗅。这儿可没有兔子，那人们为什么要提到兔子呢？

“我们得走了。”朱利安说，“我们还会再来的，到时候看看您又做了什么新玩具，谢谢您让我们使用望远镜。”

“大门向你们敞开！”老海岸警卫说，“你们又不会把望远镜看穿！什么时候想再看了，欢迎随时过来。”

孩子们说了声“再见”就离开了，蒂米蹦蹦跳跳地跟在他们身边。

“用望远镜看得真是太清楚了！”安妮说，“乔治，我真希望能找到你爸爸在哪儿。如果我们正好发现他从那个隐秘的地方现身，那一定很有意思。”

自从离开科林岛，四个孩子就经常讨论这个话题。这个谜团一直困扰着他们。一个连他们都不知道的藏身之处，昆廷叔叔又是怎么发现的呢？他们明明探察过岛上的每一寸土地！而且，昆廷叔叔还有那么多实验设备，一定需要很大的储存空间。范妮婶婶说过，他运了很多东西到岛上，更不用说还有一大堆食物呢。

“如果爸爸发现了一个隐秘地点，却对我守口如瓶，那他就太小气了。”这句话乔治反复说过很多次了，“我真这么想，那是我的岛！”

“也许等他完成工作，就会把一切都告诉你了。”朱利安说，“到时候你就会知道答案，无论在哪儿，我们都可以去探险。”

孩子们离开海岸警卫的小屋，沿着悬崖边的小路往家走，正好碰到了之前见过的那个男孩。他正站在小路上，眺望着大海，那个男人没有和他在一起。

当他们走近时，男孩转过身，脸上带着淡淡的微笑。“嘿！你们去找海岸警卫了吗？”

“是的。”朱利安回答，“他是个和蔼的人，不是吗？”

“嗯……我得说声抱歉。”乔治接过话来，“我的狗打翻了一罐绿色油漆，海岸警卫说那是你的，我来赔偿好吗？”

“啊，不需要！”男孩回答说，“我不介意，反正也没剩多少了。你的狗看起来很不错啊。”

“是啊，蒂米是世界上最棒的狗。”乔治热情地说，“我和它在一起已经很多年了，它还是那么有活力，你喜欢狗吗？”

“当然，我也很喜欢狗。”男孩回答。但是他并没有像大多数人见到蒂米时那样，去抚摸它，或是逗逗它。蒂米也没有像往常遇到陌生人那样，围着他的腿绕圈，兴奋地嗅来嗅去。它只是安静地站在乔治身边，也没有翘起尾巴表示友好。

“那是座有趣的小岛。”男孩指着科林岛说，“如果有机会，我也想去看看。”

“那是我的岛，只属于我的。”乔治骄傲地说。

“真的？”男孩礼貌地问，“那你会允许我去岛上参观一下吗？”

“当然可以。”乔治说，“不过现在不行，我爸爸正在岛上工作，他可是个科学家。”

“哦，真的吗？”男孩又问，“那他在做什么新的实验吗？”

“是的。”乔治答道。

“这样啊，那我猜那个奇怪的塔一定跟他有关。”男孩的脸上第一次流露出好奇的神情，“他的实验什么时候结束呢？”

“这关你什么事？”迪克突然插话，语气听起来很粗鲁。这可不像他平时说话的方式。其他孩子都惊讶地看着他。

“呃，确实不关我的事！”男孩连忙解释，“我只想，如果他的实验很快结束，也许你的兄弟能早点带我去岛上玩！”

听到这话，乔治真的很高兴。这个男孩把她也当成男孩了！对那些误认为她是男孩的人，乔治总是很愿意亲近。

“我会带你去的！”她说，“不用等太久，实验应该很快就结束了。”

一件凶杀案的嫌疑人正在山里野营，疯狂侦探团前往调查。在群山之间的一片绿茵上，迪克进入嫌疑人的帐篷。在帐篷内的吊床边，有两个金属制品在绿草地上闪闪发光，原来是两颗步枪子弹壳——与杀害死者的子弹口径相同。嫌疑人却辩解说，这是他在山上捡来的，他在这个帐篷里已经住了一个多月了，根本没去过市区。迪克回答：“你需要重新编造谎言。”那么，迪克从哪里看出了破绽呢？提示：草的生长离不开阳光。

7

小小的争吵

听到身后传来响动，孩子们都回过头。那个男孩的爸爸走了过来，朝所有人点点头。“哦，交到新朋友啦？”他和蔼地说，“这就对了。我儿子在这里很孤独，希望你们有时间常来找他玩。孩子们，这会儿你们聊完了吗？”

“差不多了。”男孩回答，“这个男孩说科林岛是属于他的，等他爸爸结束了岛上的实验，不用等太久，他就会带我去岛上玩。”

“那你知道怎么穿过那些险恶的暗礁吗？”男人说，“我可不想冒险去尝试。前几天我和附近的渔民闲聊过，似乎没人知道去岛上的路线呢。”

这说法真令人惊讶。事实上，肯定有几个渔民是知道的。孩子们想起来了，因为昆廷叔叔在岛上做实验，渔民们都被禁止给任何人带路。看来渔民们都很信守承诺，假装不知道去岛上的路线。

“您也想去岛上吗？”迪克突然问道。

“哦，不，我可不想去！不过我的儿子还挺想去的。”男人回答，“我不是当水手的料。在海浪里颠簸摇晃，我会晕船的。如果可以的话，我是永远不会出海的！”

“好吧，我们该走了。”朱利安说，“我们还得帮范妮婶婶买点东西呢，再见啦！”

“欢迎你们常来玩。”男人说，“我这儿有台不错的电视机，马丁应该很想和你们一起看节目。有空就过来吧，随便哪天下午都行！”

“谢谢！”乔治回答，虽然她很少看电视，“我们会来的。”

他们就此告别。四个孩子带着蒂米，沿着悬崖边的小路返回科林庄园。

“迪克，你刚才的语气怎么那么粗鲁？”乔治问道，“你说‘这关你什么事’，听起来非常不礼貌。”

“嗯，我只是觉得有些可疑，仅此而已。”迪克解释说，“那个男孩似乎对科林岛和你爸爸的工作过于感兴趣了，他还特意问起实验什么时候结束。”

“这又有什么问题呢？”乔治追问道，“村里的每个人都很好奇，所有人都知道岛上建起了一座塔。马丁只是想知道什么时候可以去我的岛上参观而已，这就是他问实验什么时候完成的原因。我倒是觉得他挺不错的。”

“你觉得他不错，只是因为他够蠢，蠢到把你当成了男孩，”迪克说，“一个长得像女孩的男孩，我只能这么说。”

乔治一下子被激怒了。“别这么刻薄！我看起来才不像女孩呢。我脸上的雀斑比你多，我的眉毛比你浓，还有，我的声音也很深沉。”

“别犯傻了，雀斑多就是男孩了吗？女孩的雀斑也不比男孩少啊。”迪克反驳说，“我可不相信，真会有哪个男孩把你当男孩看。如果那样的话，他也只是在讨好你。他肯定听说了你有多喜欢被别人看作男孩，可你根本不是啊。”

乔治怒气冲冲地走到迪克面前，朱利安赶紧拦在他俩中间。“好啦，别吵了。”朱利安说，“你们都这么大了，别再像幼儿园的小朋友一样互相抡巴掌。要我说，你俩的行为都像幼稚的婴儿，根本不像是大孩子！”

安妮有点被吓到了。其实乔治的反应不算特别激烈，倒是迪克说出那么粗鲁的话，实在很古怪。这时蒂米突然发出一声轻微的哀鸣，耷拉着尾巴，看起来可怜巴巴的。

安妮赶紧说：“乔治，别和迪克吵架了好吗？蒂米不喜欢你们这样，你看它多伤心啊！”

“这么说起来，蒂米也不喜欢那个男孩。”迪克补充说，“这是我发现的另一件怪事。蒂米不喜欢的人，我也不喜欢。”

“蒂米也不是见到谁都会围上去打转。”乔治立刻反驳，“再说，它也没有龇牙咆哮。好吧，朱利安，我不会再和迪克吵架了，但是我觉得他的想法蠢透了。就因为马丁对科林岛和我爸爸的实验感兴趣，就因为蒂米没有绕着马丁欢蹦乱跳，仅凭这些就怀疑他，这不是小题大做吗？马丁确实比较严肃，所以蒂米没有显露出特别的热情，这一点也不奇怪。蒂米就是这么聪明，它知道马丁不喜欢它这样做。”

“哦，好了好了，我们停战吧。”迪克说，“我必须体面地让步了。也许是我大惊小怪，但我就是忍不住这样想啊。”

争吵终于结束了，安妮长舒了一口气，她希望这样的情景不要再出现，因为乔治自从回家之后就很容易发火。真希望昆廷叔叔快点完成实验，让乔治和他们一起去岛上尽情玩耍，那么一切就都会好起来。

“反正我要去看电视。”乔治说，“我们找个下午再去找马丁吧。”

“没问题。”朱利安说，“但是我把话说在前头，大家最好不要谈论昆廷叔叔的工作，至少不要什么都说出来。虽然我们知道的并不多，但毕竟曾经有人试图窃取他的研究成果。乔治，你知道的，科学家的秘密都是非常重要的，他们可都是重量级！”

“重量级是什么？”安妮好奇地问。

“就是非常重要的人物。”朱利安笑着说，“不然你以为那是什么？体重很重吗？就算知道有人想窥探他的秘密，昆廷叔叔也不至于气得发胖啊！”

大家都笑了起来，连乔治也被逗笑了。她感激地看着朱利安，朱利安总是那么善解人意，所以她才总是听从他的话。

这一天过得飞快。雨停了，天空放晴，耀眼的阳光直射下来。空气中弥漫着金雀花和迎春花的香气，混合着淡淡的海水咸味，闻起来棒极了！孩子们去帮范妮婶婶买东西，途中遇到渔家男孩阿尔夫，停下来和他聊了聊。

“我看见你爸爸去科林岛了。”阿尔夫笑着对乔治说，“小姐，你的运气可不好。这么一来你不能经常去岛上了，听说他也不允许其他人上岛。”

“没错，任何人都不能到岛上去。”乔治说，“之前你也帮他运过实验设备吧，阿尔夫？”

“当然。我熟悉路线嘛，我以前和你一起去过。”阿尔夫说，“昨天你过去的时候觉得船怎么样？我可是把你的船保养得很不错呢，是吧？”

“是的，阿尔夫。多亏了你，小船看起来很漂亮。”乔治热情地说，“下次你和我们一起去科林岛玩吧。”

“谢谢啦。”阿尔夫咧嘴一笑，露出两排洁白的牙齿，“你愿意把蒂米交给我照顾一两周吗？你看，它多想留下来和我在一起啊！”

乔治也笑了起来。她知道阿尔夫只是在开玩笑。阿尔夫很喜欢蒂米，蒂米也喜欢他。这会儿蒂米正用力扒着他的膝盖，试图把鼻子伸进他棕色的手掌。阿尔夫悉心照顾它的那段时光，蒂米可从来没有忘记。

夜幕降临，海湾呈现出柔和的蓝色，星星点点的白色小屋点缀在海岸线上。孩子们回到了科林庄园，他们透过窗户凝视着对面的科林岛。

小岛看起来那么可爱。夕阳的余晖中，岛中央塔顶的玻璃小屋闪耀着金色的光芒，看上去好像有人在那里发信号，但玻璃小屋里没有人。正当孩子们都望着那座塔时，他们突然听到隐隐的轰隆声，塔顶也猛地发出刺目的眩光。

“看！和昨天一样！”朱利安激动地说，“乔治，肯定是你爸爸在工作。我真想知道他究竟在做什么！”

接着又传来了一阵有规律的轰鸣，就像飞机起飞时的噪声一样。塔顶的玻璃小屋再次闪耀起来，似乎那些电线都充满了某种神奇的能量。

“很奇特，还有点吓人。”迪克说，“乔治，我最想知道的是，你爸爸现在在哪里？我真的太好奇了！”

“我敢打赌，他肯定又忘了吃饭。”乔治说，“还记得他狼吞虎咽地吃三明治的样子吗，他一定是饿坏了。真希望他同意妈妈去岛上，这样就有人照顾他了。”

这时候，范妮婶婶正好走进来。“你们听到声音了吗？”她说，“肯定是你爸爸又在工作了。天哪，他千万别把自己炸飞了！”

“范妮婶婶，我可以晚上十点半以后再睡觉吗？”安妮满怀希望地问，“我想等到昆廷叔叔发信号，好吗？”

“不，这可不行！”范妮婶婶说，“你们都不能那么晚睡，我来等信号就行！”

“范妮婶婶，我和迪克可以晚点睡！”朱利安说，“我们在学校也是十点才上床。”

“是吗，但是现在说的是十点半，那时候你们都应该在床上了。”范妮婶婶说，“你们可以躺在床上等，只要到时候还没睡着就行！”

“哦，好的，这样也可以。”朱利安说，“我们房间的窗户正对着科林岛。灯光闪烁六次，我得仔细数数。”

四个孩子都按平时的作息时间上床了。安妮早早就进入了梦乡，乔治也困得睁不开眼，没法溜到男孩们的房间去等信号了。但是迪克和朱利安的精神头儿可好了，他们躺在各自的床上，一起望着窗外。晴朗的夜空中，月亮和云都不见踪迹，只有星星一闪一闪发出微弱的光。海面一片漆黑，科林岛也隐没在夜色中。

“十点半快到了。”朱利安看了看自己的夜光手表，“昆廷叔叔，他在干吗呢？”

就在这时，岛中央的塔顶突然射出一束光，就像是昆廷叔叔在回应朱利安的问话。那道光线很细，但清晰明亮，是灯发出的光。

朱利安开始计数。“一，”灯光灭了又亮起，他停顿了一下，“二，”他再一次停顿，“三、四、五、六！”

闪光结束了，朱利安心满意足地重新躺在床上。“嗯，没问题，昆廷叔叔一切都好。这么黑的夜晚，他为什么要顺着旋转楼梯爬到塔顶，去摆弄那些乱七八糟的电线？我一想起来就觉得奇怪。”

“嗯，”迪克睡眼迷离地回答，“换了我可不愿意做这些！朱利安，如果你想成为一个科学家，或许愿意做这些吧。我可不想在夜深人静的时候，孤零零一个人去爬孤岛上的高塔。至少蒂米得在那里陪着我。”

“咚咚咚！”有人敲门，朱利安立刻坐了起来。

门开了，范妮婶婶站在门口：“亲爱的朱利安，你看到信号了吗？我忘了数，是闪了六次吗？”

“是的，范妮婶婶，一切正常。如果有什么不对劲，我会立刻冲下去通知您的。昆廷叔叔没事，您别担心！”

“我应该让他再多发个信号，这样我才知道他有没有喝我准备的汤。”范妮婶婶说，“晚安，朱利安，做个好梦！”

8

采石场寻宝

第二天早晨，天气晴朗，阳光明媚，四个孩子开心地吃完了早餐。

“范妮婶婶，今天我们能去海边游泳吗？天气已经够暖和了，就让我们去吧！”

“当然不行！没听说过四月份就下海游泳的！”范妮婶婶立刻拒绝了孩子们的请求，“海水太冷了，你们想在剩下的假期中，都倒在床上打着喷嚏度过吗？”

“好吧，我们还是去庄园后面的野外走走吧。”乔治说，“蒂米会喜欢的，是不是，蒂米？”

“汪汪！”蒂米立刻开心地回应，尾巴使劲拍打着地面。

“你们可以在外面吃午饭。”范妮婶婶说，“我给你们打包一些食物带上吧。”

“范妮婶婶，我猜您一定很高兴能摆脱我们一会儿。”迪

克笑着说，“我想到去哪儿玩了！我们去那个旧采石场寻找史前武器！我们学校有一个很棒的博物馆，我想找些东西拿回去当展品。比如石制的箭头或诸如此类的东西。”

孩子们都很喜欢去野外寻宝。去采石场确实很有意思，那里的凹坑非常温暖舒适。

“我可不希望像上次那样，在那儿看到一头死羊。”安妮忍不住打了个哆嗦，“可怜的家伙！它肯定是不小心从高处跌落，‘咩咩’叫唤了很久，可是却没有人来救它！”

“当然不会。”朱利安说，“我们会看到一丛丛的迎春花和紫罗兰。采石场的凹坑里可以遮风避雨，所以花总是比其他地方开得早。”

“给我带一束迎春花吧。”范妮婶婶说，“我要很大一束！足够装饰整个房间。”

“没问题。”安妮兴致勃勃地说，“男孩们找石箭头的时候，我们就去找迎春花。我喜欢采花。”

“蒂米还可以在那儿抓兔子玩。”迪克故作一本正经地说，“我们就等着它满载而归，把储物柜都塞满吧。”蒂米抑制不住兴奋，轻轻发出“汪”的一声。

上午十点半，大家一起等待着昆廷叔叔的信号。来了！阳光下，镜子的反光闪现了六次，晃得人眼花缭乱。

“日光反射的通信方法真不错！”迪克说，“早上好，昆廷叔叔！再见，昆廷叔叔！今晚我们会等着您的。大家准备好了吗，我们要出发去采石场喽！”

“好嘞！走吧，蒂米！”乔治欢快地喊着，“谁负责带三明治？太阳可真晒啊！”

这真是美好的一天！

孩子们出发了，他们穿上厚外套和橡胶靴子，没有带雨衣和帽子。去采石场的路并不远，距离庄园只有400米左右。孩子们先带着蒂米遛了遛，然后才走向采石场。

采石场是个奇怪的地方。人们曾经在这里开采石料，后来不知什么原因，这里就废弃了。如今，采石场的凹坑边上长满了低矮的灌木丛和各种野草，一丛丛的石南花在沙地里茂盛地生长着。

采石场凹坑的四面都很陡。因为很少有人来这儿，所以也没有前人踩出的路可以走到底部。整座采石场就像一个粗糙的巨碗，到处坑坑洼洼。这个巨碗的颜色倒是很丰富，迎春花向着天空展开淡黄的花瓣，紫罗兰绽放的花朵白紫相间，牵牛花也提前开放了。

“哦，这儿真美啊！”安妮站在凹坑的边缘朝下看，赞叹道，“太棒了！我从来没见过这么多、这么大的迎春花！”

“安妮，当心点。”朱利安提醒，“这里非常陡。如果不小心踩空，会一直滚到底，摔断腿！”

“我会当心的。”安妮说，“我先把篮子扔到坑底，再腾出两只手抓住灌木丛爬下去。我要用迎春花和紫罗兰装满篮子！”

说着，她把篮子扔了下去，篮子一路滚到凹坑的底部。孩子们纷纷爬了下去。女孩们跑向一大片迎春花，男孩们则开始寻找古老的石头武器。

“嘿！”突然，从凹坑深处传来一个声音。四个孩子都惊讶地停止了动作，蒂米也咆哮起来。

“怎么——是你！”乔治认出那是他们昨天遇到的男孩。

“是我。也许你们还不知道我的名字吧，我叫马丁·柯顿。”男孩说。

朱利安也介绍了他们四个的名字。“我们是来这儿野餐的。”他说，“顺便看看能不能找到石头武器。你来这儿干什么？”

“呃……我也是来找石头武器的。”马丁说。

“那你找到了吗？”乔治问。

马丁回答：“还没有。”

“好吧，石南花丛里什么都没有，你不用费力气了。”迪克说，“你想过来这边吗？这里的地面没被植物遮住，也没那么多碎石子。”迪克极力表现出友好，想弥补昨天的不愉快。

马丁走了过来，跟着男孩们东找找西看看。迪克和朱利安都带了小铲子，马丁却两手空空。

“底下很热吧？”安妮叫道，“我要把厚外套脱掉。”

蒂米把头和前腿都伸进了一个兔子洞。它拼命往外刨，扬起的泥土甩在它身后，下起了一场“土雨”。

“别靠近蒂米，除非你想被那些土埋起来！”迪克说，

“嘿，蒂米，为了一只兔子值得这么辛苦吗？”

对蒂米来说，这当然值得。它喘着粗气，继续挖掘它眼里的宝物。一块石头高高飞起，正好击中了朱利安的脸颊。他揉着被打中的地方，低头看了看脚边的那块石头，突然高兴地叫起来：“瞧瞧这是什么——一个完美的石箭头！谢谢，蒂米老伙计。太好了，你帮我挖到好东西了，再挖个石制的锤子出来怎么样？”

其他人都跑过来看石箭头。安妮觉得，如果没人告诉她，她永远都搞不明白这是什么东西，但是朱利安和迪克都对这个石箭头赞不绝口。

“真不错啊。”迪克赞叹道，“乔治，看到它是怎么做的了吗？想想看，这就是几千年前穴居人[①]用来杀死敌人的武器！”的确，这是一个保存得非常完好的标本，一点都没损坏。

马丁没有出声，他只是看了一眼那个石箭头，然后就转身离开了。迪克觉得马丁怪怪的，沉闷又无聊。他考虑着是否应该邀请马丁一起野餐，反正他是一点都不想邀请马丁。

但是乔治想邀请。“你也在这里野餐吗？”她问。

马丁摇了摇头：“不，我没有带三明治。”

“我们带了很多，留下来一起吃吧。”乔治慷慨地说。

“谢谢，你真好。”马丁也发出了邀请，“你们下午有时

① 穴居人，指20万年前到4万年前，起源于欧洲、居住在欧亚大陆上的灵长类生物，近似于现代人，具有高等智慧和社会性。——编辑注

间来我家看电视吗？真心希望你们能来。”

“好啊，我们会去的。”乔治说，“就这么说定了！嘿，安妮，快看那些紫罗兰！我从没见过这么大朵的白色紫罗兰，妈妈一定会很喜欢！”

男孩们走向凹坑的深处，用铲子刮来铲去，不放过任何可能发现标本的地方。他们看到一块悬空的大石头，认为是个不错的午餐地点。石头被阳光晒得很暖和，也很平整，姜汁汽水和杯子放在上面很稳当。

十二点半，孩子们都饿了，他们开始吃午饭。马丁分享了他们的三明治，对他们的态度更加友好了。

“这是我吃过的最好吃的三明治。”他说，“我喜欢沙丁鱼的那种。这些是你妈妈做的吗？有妈妈的感觉真好啊，可是我妈妈已经去世很久了。”

所有人都沉默了，带着深深的同情。乔治他们无法想象失去妈妈的感觉，对于一个孩子来说，没有什么比这更糟了。作为安慰，他们把最美味的面包和最大的蛋糕都递给了马丁。

“昨晚我看见你爸爸的信号了。”马丁嚼着面包说。

迪克立刻抬起头：“你怎么知道他在发信号？谁告诉你的？”

“没人告诉我。”马丁回答，迪克尖刻的语气让他很惊讶，“我只是恰好看到六次闪光，就猜测应该是乔治爸爸的信号。”

朱利安轻轻捅了捅迪克，提醒他别把气氛弄僵了。

乔治不满地瞪了迪克一眼。“我想今天早上你也看到我爸爸发信号了吧？”她对马丁说，“我打赌很多人都看到了。早晨十点半，他会用镜子反射日光，表示平安无事。晚上同一时间，就换成灯光。”

这次轮到迪克皱眉头了。乔治为什么要透露所有的信息呢？这根本没必要。迪克觉得乔治这么做只是为了弥补他刚才的尖锐提问，于是他决定转移话题。

“你在哪儿上学？”迪克问。

“我没有上学。”马丁回答，“因为我生病了。”

“那你生病前在哪儿上学呢？”迪克又问。

“我有个家教。”马丁说，“我没去过学校。”

“那太没劲了！”朱利安说。在他看来，不能上学是件非常糟糕的事情。在学校里做作业、玩游戏，都是校园生活的乐趣。他好奇地看着马丁。他觉得，只有那种跟不上学校进度的孩子，才不得不请家教在家里上课。可是马丁看起来一点都不笨啊。他只是有些无聊，也有些沉闷。

蒂米跟孩子们一起坐在温暖的石头上。它也有一份三明治，但分量不大，因为有一些已经分给马丁了。

蒂米表现得很奇怪。它根本不搭理马丁，就好像旁边只有空气！

马丁也好像没看见蒂米，既不和它说话，也没有抚摸过它。安妮觉得马丁不像他自己说的那么喜欢狗。怎么会有人坐在蒂米旁边，而不想逗它玩呢？

蒂米甚至连看都没看马丁一眼。它背对着马丁，靠在乔治身上。如果这还不算古怪的话，那就真的有意思了。乔治一直在和马丁友好地交谈，其他孩子也和马丁分享了食物。只有蒂米，它的行为就好像马丁根本不存在一样！

安妮正要说说蒂米的古怪行为。蒂米突然打了个哈欠，晃了晃脑袋，从岩石上跳了下去。“它又想去追兔子了。”朱利安说，“喂，蒂米老伙计，再帮我找一个石箭头好吗？”

蒂米摇摇尾巴，消失在大石头的悬空处。下面很快传来了刨土的声音，空中又下起了碎石子和泥土混合而成的“大雨”。

孩子们躺在石头上，感觉有点困乏。他们又聊了一会儿，安妮感到眼皮在打架。她的眼睛刚一闭上，就被乔治的声音吵醒了。

“蒂米去哪儿了？蒂米！蒂米！快回来。你跑去哪儿了？”

但蒂米没有回来，甚至连一声应答都没有。“它一定是掉进了一个很深的兔子洞里去了。”乔治说，“我必须去救它。蒂米！你在哪儿？”

桌上有十支点燃的蜡烛。迪克走进来，吹灭了两支蜡烛，过了一会儿，朱利安走进来，吹灭了一支蜡烛。朱利安把门关起来，再也没有人走进来吹灭蜡烛，第二天早上还剩几支蜡烛？

9

乔治的发现

乔治从大石头上滑下去，往石头下面观望。那里有一个很大的洞口，旁边散落着蒂米刨土时飞出的碎石头。

“你到最后也没有找到一个能追进去的兔子洞啊。”乔治喊道，“蒂米！你在哪儿？”

洞里没有传出蒂米的叫声，甚至连一声呜咽都没有。乔治趴在地上，仔细观察洞里的情况，显然蒂米已经把洞挖得够大了。

乔治抬头喊道：“朱利安！把铲子扔给我好吗？”

铲子落在了她脚边。乔治拿起铲子，想要把洞挖得更大一些。现在的这个洞口，对蒂米来说可能够大了，但对于乔治可远远不够！

她用力地挖着，很快就汗流浃背了。她从大石头下爬出来，往上面张望，想看看有谁能来帮帮她。可是所有人都睡着了！

“哎，这群懒家伙！”乔治想。她似乎忘记了，如果不是为了找蒂米，此刻她也在打瞌睡呢。

她又一次趴下身子，挥舞铲子用力地挖起来。不久，洞口就被挖得足够大了。她惊讶地发现里面竟然有条相当宽敞的通道。只要把洞口打开，她就可以手脚并用地爬进去！

“哦，不知道这是什么动物挖的地道，又通向什么地方呢？”乔治想着，“蒂米！你在哪儿？”

从洞的深处传来了一阵微弱的呜咽声。谢天谢地，蒂米就在那里！乔治继续往前爬，通道突然间变得又高又宽敞。她意识到自己应该是在一条人工的地道里。可是四周太黑了，什么也看不见，她只能凭感觉慢慢摸索。

突然，乔治听到了一阵细碎的脚步声，有什么东西深情地扑到她的腿上，呜呜地叫唤着。“蒂米，你吓了我一跳！”乔治说，“你去哪儿了？这是一条真正的地道，还是采石场废弃的隧道？比如以前曾是矿工的逃生通道，现在却被某种动物占为己有了？”

“汪汪！”蒂米扯着乔治的裤腿，想让她离开这个黑漆漆的地方。

“好了，我们走吧！”乔治说，“别以为我喜欢一个人在黑暗中游荡！我只是来找你的。”

乔治正准备回到大石头上。这时候迪克醒了，他惊讶地发现乔治不见了踪影。他等了几分钟，看着深蓝色的天空眨了眨眼，然后猛地坐了起来。

“乔治！”迪克喊道，却没有人回应。

于是迪克从石头上滑了下来，四处张望。他先看见了蒂米，然后看到乔治也从石头下面的洞里爬了出来。看着迪克惊讶地张着嘴巴，乔治“哈哈”笑了起来。

“我没事，只是和蒂米一起追兔子去了！”乔治走到迪克身旁，抖落衣服上的泥土。“石头下面的洞里有条通道。”她说，“一开始很狭窄，就像某种动物挖的地道。后来就变得又高又宽敞，是一条真正的通道！里面太黑了，我看不见它是不是还继续往前延伸，不过蒂米进到了很深的地方。”

“天哪！”迪克说，“这听起来很刺激！”

“我们去探险吧，好吗？”乔治说，“朱利安应该带了手电筒吧。”

“不，我们今天不能去。”迪克立刻反对。

其他人都醒来了，饶有兴趣地听着他们的对话。“是不是有条秘密通道？我们去里面探险吧！”安妮激动地说。

“不，今天不行。”迪克再次反对，他看着朱利安。朱利安猜到迪克是不想让马丁参与他们的探险。是啊，为什么要和马丁分享这个秘密呢？马丁和他们才刚刚认识，还算不上真正的朋友呢。朱利安朝迪克点点头，表示同意。

“我们今天不去探险，里面可能什么都没有，只是采石场的一条旧隧道而已。”

马丁在一旁听着，似乎很感兴趣。他甚至走到洞口查看了一下。“我也挺想去探险的。”他说。

“也许我们可以下次见面的时候再去。到时候带上手电筒，看看里面是不是真的有一条通道。”朱利安看了看表，“快两点了，如果我们想去马丁那儿看两点半的电视节目，最好现在就走。”

孩子们开始沿着陡峭的斜坡往上爬。女孩们拿着装满迎春花和紫罗兰的篮子。朱利安担心安妮会滑倒，从她手里接过了篮子。很快，他们都爬上来了。和凹坑里的温暖相比，采石场顶上要冷得多。

他们顺着悬崖边的小路走，经过海岸警卫的小屋时，老海岸警卫站在花园里，向他们挥了挥手。

孩子们来到海岸警卫隔壁的小屋。马丁推开门，他爸爸正坐在窗前看书。看到孩子们，他立刻站起身来，脸上洋溢着热情的笑容。“欢迎，欢迎！真是太好了，快请进吧。是的，翘着尾巴的那位也请进。哦，我不介意，我很喜欢狗。”

小小的房间里顿时显得有些拥挤。孩子们彬彬有礼地和柯顿先生握手。马丁匆匆解释一下，说他得带这些新朋友们去看电视了。

“好主意。”柯顿先生高兴地说。安妮盯着他那对又长又密的浓眉毛，很想知道他为什么不修剪一下。难道他就喜欢这样的眉毛吗？可这让他看上去很凶啊。

四个孩子环顾房间，房间最远处的桌子上摆着一台电视机，还有一台巨大的收音机。另外还有一件东西引发了男孩们的兴趣，他们忍不住一直盯着看。

“嗬！您有一套无线电发射装置，还有一台信号接收器！”朱利安说。

“是的，”柯顿先生回答，“这是我的业余爱好，都是我

自己做的。”

“太棒了！您真聪明！”迪克称赞道。

“无线电发射装置是什么？”安妮问，“我从来没听说过。”

“哦，就是用无线电发送信号的设备。就像警车里的设备一样，警察可以通过它把信息发回警察局。”迪克说，“不过这个看起来厉害多了。”

马丁摆弄着电视机开关。节目开始了。

电视节目确实很有趣。节目结束后，柯顿先生邀请孩子们留下来喝下午茶。

“先别急着说不。”他说，“如果怕你们的婶婶担心，我来给她打电话。”

“好吧，那谢谢您了，柯顿先生。”朱利安说，“只要知道我们在哪儿，她就不会担心了！”

柯顿先生给范妮婶婶打了个电话。她很乐意他们留下来喝茶，只要别回去得太晚就行。于是，孩子们安心地留在柯顿先生家，度过了一段非常有意思的下午茶时光。

马丁不是很健谈，不过柯顿先生完全弥补了这一点。他很喜欢说笑，也擅长讲笑话，和孩子们聊得很融洽。

聊着聊着，柯顿先生把话题引向了科林岛。他称赞夜晚的科林岛看起来特别美丽。

乔治听了很开心。“是的，我也这么觉得。”她说，“真希望爸爸能选择其他时间在我的岛上做实验，我本来打算去那里度假的。”

“我想你一定对小岛了如指掌吧！”柯顿先生说。

“那是当然！”乔治说，“我们都很了解科林岛。那里有地牢。您知道吗，是真正的地牢，在很深很深的地下。我们还在里面发现过金锭呢！”

“哦，对，我记得曾经看过关于这个的报道。”柯顿先生说，“那一定很令人兴奋。探索地牢听起来很刺激！听说还有一口古老的水井，你们也下去探险过，是吗？”

“没错。”安妮回忆道，“还有一个山洞，我们在里面住过。它有两个入口，一个在顶上，一个朝向大海。”

“那么，我猜你爸爸是在地牢里进行他的伟大实验吧？”柯顿先生说，“哦，那还真是一个奇怪的工作地点！”

“呃，其实……”乔治刚要说出口，就感觉到迪克猛地踢了一下她的脚踝。这一脚可真狠，痛得她的脸都扭曲了。

“你想说什么？”柯顿先生诧异地问。

“呃，我想说，呃……我们也不知道我爸爸在哪儿工作。”乔治说着，把腿移到迪克踢不到的地方。

这时，蒂米突然发出尖锐的呜咽声。乔治惊讶地看着它。蒂米抬起头望着迪克，表情很痛苦。

“怎么了，蒂米？”乔治焦急地问。

“可能是房间里太热了。”迪克说，“带它出去走走吧，乔治。”

乔治很担心蒂米，赶紧带它出去了，迪克紧跟着出来了。乔治怒视着迪克：“为什么踢我？这会留下可怕的伤痕的。”

“你应该知道我为什么这么做吧？”迪克说，“你就这么想把所有的事和盘托出！你看不出那家伙对你爸爸在岛上的事过于感兴趣吗？当然，这也许并不代表什么，但你至少应该注意点。你就像个女孩一样，什么话都忍不住。所以我才不得不阻止你。实话告诉你，蒂米的尾巴也是我踩的，只有这样你才能闭上嘴！”

“天哪，你太过分了！”乔治愤怒地说，“你怎么可以伤害蒂米呢？”

“我也不想的。”迪克停下来抚摸蒂米的耳朵，“遗憾的是我不得不这样做。可怜的蒂米老伙计，我也不想伤害你。”

“我要回家了。”乔治气得满脸通红，“我讨厌你这么跟我说话，说我像个女孩一样喋喋不休，还踩了可怜的蒂米。你就回去跟大家说，我带蒂米回家了。”

“这样最好了。”迪克说，“你和柯顿先生说话越少越好。我回去跟他聊聊，看看他到底是什么人，想要干什么。我觉得他非常可疑。你最好赶紧回家，免得再泄露更多信息！”

乔治气得喘不上气，带着蒂米回家了。迪克回到屋里，替她向柯顿先生表达了歉意。朱利安和安妮都感觉出了什么

事，有些坐立不安，急着起身要走。令他们惊讶的是，迪克突然变得非常健谈，似乎对柯顿先生和他所做的事非常感兴趣。

等到他们离开的时候，柯顿先生笑容满面地和他们道别。“有空常来玩。”他说，“告诉另一个男孩，叫什么名字来着——哦，乔治，希望他的狗一切都好。那真是一只很乖的狗！好吧，再见！希望很快能再见到你们！”

10

18 次信号

“乔治怎么了？”一离开柯顿先生家，朱利安就急切地问道，“我知道你在喝茶的时候踢了她一脚，因为她说了太多关于科林岛的事，确实很容易泄密。可是她为什么匆匆忙忙地回家了呢？”

迪克告诉他们，他踩了蒂米的尾巴，利用它的哀鸣来转移乔治的注意力，好让她不再说个不停。朱利安只是笑了一下，安妮却很生气：“你太坏了，迪克。”

“但是我实在想不出别的办法了。”迪克说，“如果我不阻止，乔治会一股脑儿把所有事情都说出来，而那家伙正迫切地想知道科林岛上的一切。不过现在我明白了，他这么感兴趣是另有原因的。”

“哦，是什么原因？”朱利安有些困惑。

“起初我以为他是要打探昆廷叔叔的实验秘密，所以总

是对科林岛的事追根问底。”迪克说，“但是他说自己是一名记者。记者嘛，就是为报纸写稿子的人。所以我想，这就是他为什么想了解事情的所有细节的原因。等昆廷叔叔完成实验的时候，他就可以发表一篇详细的报道，说不定会引起轰动呢。”

“如果是这样的话，倒也没什么坏处。”朱利安思索着说，“事实上，这个理由也站得住脚。可是我不明白他为什么要兜着圈子问来问去。他完全可以直截了当地说：‘我想写一篇关于科林岛的报道，如果你们能说一说岛上的情况，我会非常感激的。’但是他并没有这么做。”

“是啊，所以我才怀疑嘛。”迪克说，“不过我现在明白了，他只是想搜集一些科林岛的奇闻趣事登在报纸上。好吧！是我错了，我必须向乔治好好解释一番。她现在一定非常生气！”

“这样吧，我们去村里的肉店，给蒂米买些肉骨头。”朱利安说，“算是给蒂米也道个歉吧！”

这个主意听起来不错。于是他们先去肉店里买了两根大肉骨头，然后返回了科林庄园。

这时乔治和蒂米都待在楼上的卧室里。朱利安、迪克和安妮走进房间的时候，她正捧着一本书坐在地板上，看起来闷闷不乐。

“乔治，对不起，我之前真是太讨厌了。”迪克说，“但是你知道的，我这么做也是好意。现在我已经确定柯顿先生不是间谍了。他是记者，准备为报社采访一个精彩的故事！看，我给蒂米买了肉骨头，我也要向它道歉。”

乔治的气还没完全消，但她也想用友好的态度回应迪克的道歉，于是朝他微笑了一下。“好吧。谢谢你买的肉骨头。不过我还在气头上，谁都别跟我说话，让我自己待一会儿就好了。”

于是他们让乔治自己留在房间里。乔治生气的时候，让她一个人待着是最好的办法。只要有蒂米陪着，她的心情很快就会平复了。蒂米从来不会在乔治烦躁愤怒的时候离开她。

迪克向范妮婶婶解释乔治为什么没有下楼吃晚饭：“我们闹了点小矛盾，现在已经和好了，但是乔治还有些不高兴。我帮她把晚饭拿到楼上去吧。”

“还是我去吧。”安妮说着，端起一盘食物上楼了。

“我不饿。”乔治说。可是当安妮准备把食物端走的时候，她又连忙说：“还是放这儿吧，也许蒂米想吃呢。”

于是，安妮带着会意的微笑放下了托盘。当她再次回到楼上把盘子收走的时候，里面的食物被一扫而光啦！

“哎哟，看来蒂米真是非常饿啊！”安妮笑着说。乔治也害羞地笑了。安妮说：“我们准备玩会儿大富翁游戏，你不下楼一起玩吗？”

“不了，谢谢。今晚就让我一个人待着吧。”乔治说，“我明天就恢复正常了。真的，我保证。”

于是朱利安、迪克、安妮，还有范妮婶婶一起玩起了大富翁游戏，乔治没有参与。当他们回到卧室睡觉时，乔治已经睡熟了，蒂米蜷缩在她的脚边。

“我要等着昆廷叔叔的信号。”朱利安坐在床上说，“天哪，今晚真是伸手不见五指啊。”

他透过窗户向科林岛的方向望去。十点半整，六道亮光划破了黑暗。一闪，一闪，又一闪……报平安的信号结束了。朱利安把头埋进枕头，现在可以安心地睡个好觉了！

可是没过多久，他就被一阵轰隆隆的声音吵醒了。他坐起来向窗外望去，看到科林岛的塔顶上亮光闪耀，就像昆廷叔叔上次做实验的时候一样。但是接下来什么都没发生，没有闪光，震动声也消失了。朱利安重新躺了下来。

“我昨晚看到昆廷叔叔的信号了。”第二天早上，朱利安对范妮婶婶说，“您也看到了吧？”

“是的，我也看见了。”范妮婶婶说，“朱利安，今天早上你能帮我继续观察信号吗？我得去找牧师谈点事，但是教堂那边看不见信号。”

“没问题，我会留意的，范妮婶婶。”朱利安说，“现在几点了？嗯……九点半。我先在房间里写几封信，到了十点半的时候就观察信号。”

朱利安写信的时候被打断了好几次，先是迪克，然后是乔治，最后安妮和蒂米也来了。他们想找他一起去海滩玩。乔治已经完全平静下来了，为了弥补昨天发脾气的事，她今天表现得特别和气。

“我十点半以后过来。”朱利安说，“等确认了昆廷叔叔的信号就来。再等十分钟！”

到了十点半，朱利安向塔顶的玻璃小屋望去。镜子反射的日光正好射了过来。啊，第一道信号来了！

“一，”朱利安数着。“二，三，四，五，六。好了，平安无事。”

正当他准备转身离开，一道突如其来的闪光吸引了他的注意。第七道闪光！然后又闪了一下，八，九，十，十一，十二！

“奇怪，怎么会闪12次？”朱利安疑惑地说，“啊，又来了！”

紧接着，又有六道闪光从塔里射出。一共18道闪光，之后就再也没有了。朱利安真希望自己能有一个望远镜，可以看看玻璃小屋里究竟发生了什么！他坐在那里思考了一会儿，却怎么也想不明白。然后他听见了其他孩子上楼的脚步声。三个人一阵风似的冲进了朱利安的房间。

“朱利安！爸爸竟然发出了18次信号，不是六次！”

“你数清楚了吗，朱利安？”

“他为什么要这么做？是不是遇到什么危险了？”

“不会，如果他有危险，会发出SOS求救信号的。”朱利安说。

“他又不懂摩斯密码！”乔治反驳说。

“嗯，我猜他只是想让我们知道他有什么需要吧。”朱利安说，“我们今天必须去岛上一趟，看看到底是怎么回事。也许他需要食物补给了。”

范妮婶婶一到家，孩子们就七嘴八舌地提议要到科林岛去看看。范妮婶婶倒是很乐意。“对啊，我们应该去一趟。你们的昆廷叔叔肯定是有什么事情才会发这种信号，我们现在就出发吧。”

乔治飞奔去告诉阿尔夫，让他准备船。范妮婶婶在乔安娜的帮助下准备了很多食物，然后他们乘着乔治的船去往科林岛。

当他们绕过低矮的岩壁到达小海湾的时候，昆廷叔叔已经在那儿等着了，他冲大家招手。小船轻轻地停靠在沙滩上，他帮着大家把船推到了岸上。

“我们看到你的三倍信号了。”范妮婶婶说，“亲爱的，你是有什么需要吗？”

“是啊。”昆廷叔叔说，“范妮，你的篮子里装的是什么？太好了，美味的三明治！我需要很多很多！”

“哎呀，昆廷，你又没好好吃饭吗？”范妮婶婶心疼地问，“那些汤呢？你喝了吗？”

“汤？什么汤？”昆廷叔叔露出惊讶的表情，“早知道有汤就好了，昨晚我就可以喝一些。”

“昆廷，我之前跟你说过啊。”范妮婶婶说，“现在那些汤肯定已经坏掉了，你必须倒掉。别再忘了！算了，我还是亲自动手倒掉吧。汤在哪儿呢？”

“不用，我会处理的。”昆廷叔叔说，“坐下来吃午饭吧。”

这个时候吃午饭有些早，但范妮婶婶还是坐了下来，把食物一份一份打开分给大家。孩子们随时都准备着吃上一顿，一点也不介意午饭时间提前。

“亲爱的，你的工作进展得怎么样？”范妮婶婶看着丈夫把三明治一个接一个地吞进肚子，怀疑他这两天根本没吃过东西。

“好极了，好得不能再好了。”昆廷回答，“现在正是取得突破的关键阶段。再给我一些三明治，谢谢。”

“为什么发出 18 次信号呢，昆廷叔叔？”安妮问。

“嗯，这个有点不好解释。”昆廷回答，“实际上，我觉得这座岛上还有其他人！”

“其他人！这是什么意思？”范妮婶婶紧张地叫了起来。她半信半疑地回头张望，好像附近真有什么人似的。孩子们都惊讶地盯着昆廷叔叔。

昆廷叔叔又拿起一个三明治。“我知道这听起来不可思议，应该不会有人能来到岛上，但是我真的感觉附近还有别人！”

“别说了，昆廷叔叔！”安妮说着，打了个寒战，“这听起来太可怕了。您晚上一个人的时候，可怎么办啊？”

“问题就是这个啊。如果晚上只有我一个人，我倒是一点都不介意。”昆廷叔叔说，“真正让我担心的是，这里恐怕不止我一个人啊。”

“您为什么认为这里还有其他人呢？”朱利安问。

“昨天晚上，我做完实验，走到屋外准备呼吸一下新鲜空气。那时大概是凌晨三点半，四周漆黑一片。”昆廷叔叔说，“突然——我听到有人咳嗽。我发誓，千真万确，咳了两次！”

“天哪！”范妮婶婶吓了一跳，“昆廷，会不会是你弄错了？你知道的，人在过于疲惫的时候，偶尔会产生幻觉。”

“我当然知道了。”昆廷叔叔说，“但如果是幻觉的话，这个又怎么解释呢？”他把手伸进口袋，掏出一样东西给大家看。那是一个烟头，看起来还很新，应该是刚被丢弃的。

“我是不抽烟的，你们也不抽。这么，这个烟头是谁扔的？他是怎么来到这里的？坐船过来是唯一的办法，但没人会带他来。”

大家都沉默了。安妮感到很害怕。乔治则迷惑不解地看着她爸爸。到底是谁呢？他来科林岛想干什么？他又是怎么来的呢？

“昆廷，接下来你打算怎么办？”范妮婶婶问，“你有什么计划吗？”

“如果乔治同意的话，我倒是有一个提议。”昆廷叔叔说，“我想让蒂米留下来保护我。乔治，你同意吗？”

科林岛上出现了不明身份的神秘人。但如果没有渔民带路，神秘人不可能划船通过暗礁密布的航道，更不可能直接游泳穿过波涛汹涌的海面。那么，你觉得神秘人是怎么到岛上去的呢？

11

艰难的决定

一阵可怕的沉默。乔治沮丧地看着爸爸。所有人都在等待着她说些什么。

“可是爸爸，蒂米和我从来没有分开过。”乔治哀求道，“我知道您想让它保护你。您当然可以把它留在这里，但我也要一起留下来！”

“不行！”她爸爸立刻回答，“你不能留在这儿，这不可能。至于说你不能和蒂米分开——如果是为了确保我的安全，你应该不会介意吧？就这一次。”

乔治艰难地咽下一口唾沫。这真是她人生中最艰难的决定！把蒂米留在岛上，面对那些隐藏着的、不明来历的敌人，它很可能会受到伤害！但是，爸爸一个人在岛上，如果没有蒂米的守护，他也处于危险之中。

“我必须待在这儿，爸爸。”乔治坚定地说，“我不能丢下蒂米，我做不到。除非我也留下。”

乔治的爸爸看上去已经失去耐心，马上就要发火了。他和乔治真是一模一样，什么事都必须按自己的意见办，不然就会大发脾气！

“如果我问朱利安、迪克或安妮同样的问题，他们会毫不犹豫地答应的！”昆廷叔叔生气地说，“而你呢，乔治，你总是喜欢把事情搞得很复杂！你的这只狗，不知道的人还以为它值一千英镑呢！”

“对我来说，蒂米是无价之宝。”乔治的声音在颤抖。蒂米跑到她身边，用鼻子不停地拱她的手。乔治紧紧拉着它，一刻也不想让它离开。

“是啊，在你的眼里，这只狗比你的爸爸妈妈还有其他所有人都重要！”昆廷叔叔沉着脸说。

“昆廷，我不许你这么说。”范妮婶婶严肃地说，“这话太傻了，孩子对父母和宠物的感情怎么能相提并论呢——这是完全不同的爱。当然有一点我同意，蒂米留下陪你，而乔治必须跟我们回去。我不能让你俩都处在危险之中，担心你一个就够我受的了。”

乔治悲伤地看着妈妈。

“妈妈！快告诉爸爸我要留在岛上，我必须和蒂米待在一起。”

“绝对不行。”她妈妈回答，“乔治，别只考虑自己。如果让蒂米做决定的话，它也会选择和你暂时分开，自己留在这里。它会对自己说：‘这里需要我。我的眼睛能侦察到潜藏的敌人，我的耳朵能分辨最轻微的脚步，我的牙齿能撕咬敌人。我可以随时保护主人。虽然我必须和乔治分开几天，但她已经长大了，可以忍耐这短暂的分离。’乔治，如果你问蒂米，它一定会这么说的。”

每个人都专注地听着这段出人意料的话。只有蒂米能说服乔治改变自己的决定！

乔治看着蒂米。蒂米也抬头看着她，轻轻摇着尾巴。然后，蒂米做出了大家都意想不到的举动。它慢慢走到乔治爸爸的身边，在他的脚边趴了下来。它望着乔治，仿佛在说：“看，现在你知道我的选择是什么了吧！”

“你看，蒂米同意我说的话。”乔治的妈妈说，“你总说蒂米是一只很棒的狗，这就是证明。蒂米知道自己的职责是什么，乔治，你应该为它感到骄傲。”

“我很骄傲。”乔治哽咽着说。她站起身来背对着大家，“好吧，我同意了，蒂米留在岛上保护爸爸，我先走开一下。”说完她就匆匆离开了。

安妮想去追可怜的乔治，但是朱利安把她拉住了。“让她一个人待会儿吧！她会没事的。蒂米，你总是知道自己应该做什么。蒂米，好样的！”

蒂米又摇了摇尾巴。它没有去追乔治，它知道，自己现在的职责是守护乔治的爸爸。虽然它更愿意和自己的小主人待在一起。看到乔治伤心，蒂米也感到难过。可是有时候，为了一件值得做的事而努力，比仅仅追求玩乐更重要。

“亲爱的昆廷，我不喜欢你一直待在这里工作，更何况还有未知的敌人监视你。”范妮婶婶说，“我讨厌这样。你究竟还要多久才能完成实验？”

“再过几天吧。”昆廷叔叔回答。他佩服地看着蒂米：“范妮，蒂米刚才真的听懂你的话了。它就这么径直向我走来，真是了不起。”

“它非常聪明。对吧，蒂米？”安妮热情地说，“昆廷叔叔，您和它在一起会很安全的。如果需要面对坏人，它可是非常凶悍的！”

“是啊，它个头这么大，浑身都是力量。我可不想让它扑到我的喉咙上。”昆廷叔叔说，“嗯……还有蛋糕吗？”

“昆廷，你肯定又没有好好吃饭，这可不好。”范妮婶婶说，“别想糊弄我。如果你按时吃饭，就不会像现在这样狼吞虎咽了。”

昆廷叔叔完全没注意她在说什么。他抬头望着那座塔，问道：“你们见过那些电线冒出火花吗？真是奇观啊！”

“昆廷叔叔，您不会是在发明新型原子弹什么的吧？”安妮问。

昆廷叔叔严肃地看了她一眼：“我才不会浪费时间去研

究那些害人的东西呢！我的发明都是对人类最有用的。你们等着看吧！”

乔治回来了。“爸爸，我可以把蒂米留给你。”她说，“但请您也答应我几件事好吗？”

“什么事？不要提一些愚蠢的要求。”她爸爸说，“我会定时喂蒂米，照顾它。如果这就是你想要我做的，那没问题。虽然我自己也许经常忘了吃饭，但不会忘记蒂米的。你应该很了解这一点。”

“是的，我知道，爸爸。”乔治嘴上虽然这么说，但表情仍有些怀疑，“其实我想说的是，您每天早上发信号的时候，请带上蒂米一起好吗？我会在海岸警卫的小屋里用望远镜看你们。如果我每天能看到蒂米的身影，哪怕只是远远地看一眼，知道它一切都好我就不会那么担心了。”

“好吧，可以。”她爸爸说，“不过我不能保证蒂米能爬上螺旋式楼梯。”

“它能行的，爸爸。它已经去过一次了。”乔治说。

“天哪！这只狗也去过塔顶吗？”她爸爸惊讶地说，“好吧，乔治，我保证每天早上都会带它一起去发信号，让它向你摇尾巴。这样满意了吗？”

“谢谢，爸爸。”乔治说，“您也经常跟它说说话，多摸摸它。还有啊，别忘了……”

“吃饭的时候给它戴上围嘴，晚上再帮它刷牙，你是想

说这个吗？”她爸爸又想发火了，“我会把蒂米当成一只成熟的狗那样对待，把它当成我的朋友。相信我，乔治，这就是它希望的。是这样吧，蒂米？你和你小主人之间的游戏，并不适合我们，对吧？”

“汪！”蒂米用尾巴拍了拍地面。孩子们佩服地看着它。蒂米真是一只聪明的狗。

“昆廷叔叔，如果出现什么问题，或者需要帮助，就再发 18 道闪光信号。”朱利安说，“当然，您和蒂米在一起一定会平安无事的。您可能还不知道，它抵得过十来个警察呢。”

“好的，如果我需要你们过来，我就发 18 次闪光信号。”昆廷叔叔说，“我记下了。现在你们最好都离开吧，我要继续工作了。”

“你会记得把汤倒掉吧，昆廷？”范妮婶婶还是有些担心，“那些汤肯定都长绿毛了，喝了会生病的！东西新鲜又美味的时候，你总是不记得吃。等到都放坏了，你才想起来！”

“说什么呢！”昆廷叔叔站起来，“你这么跟我说话，别人还以为我只有五岁，而且没长脑子！”

“你有一个聪明的大脑，亲爱的，我们都知道。”范妮婶婶说，“但是你有时候看起来确实不像个大人！照顾好自己，让蒂米一直陪在你身边。”

“不用爸爸操心。”乔治说，“蒂米会守在他身边的！蒂米，你在执行任务时，必须时刻保持警惕。你明白这是什么意思吧！”

“汪。”蒂米严肃地回答。它跟着孩子们来到船边，但并没有上船。它蹲在昆廷叔叔的脚边，望着小船在海面上轻轻晃动，越来越远。

“再见，蒂米！照顾好自己！”乔治喊道，声音都变调了。

昆廷叔叔朝他们挥了挥手，蒂米也摇了摇尾巴。乔治从迪克手里接过船桨，拼命划了起来。她的脸因为用力而涨得通红。

朱利安好笑地看着她，努力跟上她飞快的划桨节奏。这并不轻松，但他一句话都没说。他知道，乔治是用这种方式来发泄与蒂米分开时的悲伤。这就是乔治！她的情绪总是这么强烈，不是飞上快乐的云霄，就是跌入悲伤的深渊。

大家装作热烈讨论的样子，这样乔治就会以为没人注意到她的悲伤情绪了。当然，话题还是围绕着岛上的那个神秘人。他就这么突然出现在岛上，确实令人费解。

“他是怎么到科林岛的？我能肯定没有哪个渔民会给他带路。”迪克说，“他肯定是夜里上岛的。但是除了乔治，还有谁能在黑暗中找到路线呢？一般人恐怕连试一试的勇气都没有吧。那些暗礁之间的距离非常近，而且就在海面下。一旦偏离航道，哪怕只是一码[1]，船底就会撞出个大洞！”

---

[1] 码，英美制长度单位，1 码等于 3 英尺，合 0.9144 米。——编辑注

“也没人敢游泳过去吧。”安妮说，“太远了，海浪汹涌，还有那么多礁石。我怀疑没有人在岛上，那个烟头是以前扔在那儿的。”

“看起来不像。”朱利安说，“可是我真不明白那人是怎么到岛上去的！”他陷入沉思，把所有可能和不可能的方法都想了一遍。突然，他惊叫了一声，其他人立刻都看向他。

“我刚才想到，如果有人从飞机上跳伞的话，能不能落到岛上呢？”朱利安说，“我确实听到过某种类似的轰隆声，是昨天晚上吗？那是飞机引擎的响声，绝对是！会不会真的有人空降到了科林岛？”

“还真有可能，”迪克说，“祝贺你，朱利安！我相信你找到答案了。但是不管那人是谁，出于什么目的，他甘愿冒着这么大的危险，半夜跳伞到科林岛上，一定是志在必得！”

志在必得！这听起来可不妙。

安妮感觉后背一阵发凉。“幸好蒂米在那里。”她说。

每个人都深有同感，包括乔治！

12

一张旧地图

中午一点半，孩子们就回到了科林庄园。因为在岛上的午饭吃得太早，又没有逗留太长时间，所以很早就返回来了。乔安娜看到他们回来，非常惊讶。

“哟，这么早就回来啦！”她说，“你们不是回来吃午饭的吧？我还没去肉店买东西呢，现在家里可什么都没有！”

“我们已经吃过了。”范妮婶婶回答，“幸好我们带的食物够多，昆廷一个人就吃掉了一半！他到最后也没喝我们准备的汤。那么好的汤，都放到变质了。”

“哦，这就是男人！像小孩子一样让人操心。”乔安娜说。

“才不是呢。”乔治说，“乔安娜，你觉得我们中的任何一个会让你的汤放到坏掉吗？你知道的，我们会早早地一口气喝光！”

“确实是这样，你们四个，还有蒂米，从来不会浪费食

物。”乔安娜说，“你们都做得很好。咦，蒂米呢，它在哪儿？”

“它留在岛上保护我爸爸了。”乔治说，乔安娜惊讶地看着乔治。她可是知道乔治有多喜欢蒂米。

“乔治，你真是个好孩子——除了有时候爱发脾气！”乔安娜说，“让我看看——你爸爸吃掉了大部分午餐，那你现在肯定还饿着。去看看饼干罐子吧，我做了你最喜欢的姜饼。快去拿出来吃吧。”

这就是贴心的乔安娜！如果她察觉到谁不高兴了，就会拿出美味的食物来抚慰。乔治立刻跑去找饼干了。

“乔安娜，你真善良。”范妮婶婶说，“幸亏蒂米留在科林岛，我才没那么担心昆廷。”

“我们下午做什么呢？”迪克问。这时他们已经把美味的姜饼吃了个精光。“真是太好吃了！我认为出色的厨师和优秀的军人、科学家或作家一样，应该获得嘉奖。我要给乔安娜颁发奖章！”

“什么奖章？”朱利安问。

“英国最佳厨师勋章。”迪克笑嘻嘻地说，“不然你以为是什么呢？‘小心别噎着’① 奖章？”

“傻瓜。”朱利安笑着说，“好了，我们下午做些什么呢？”

“去采石场探险吧。”乔治提议。

---

① “英国最佳厨师”和“小心别噎着”，这两个短语的英文首字母缩写是一样的。——译者注

朱利安朝窗外望了一眼。“马上要下雨了，”他说，“地面肯定又湿又滑，在采石场的陡坡爬上爬下可不容易。还是等到天晴再说吧。”

“我知道可以干点什么了。”安妮突然说，“还记得那张科林城堡的旧地图吗？我们在一个木盒子里发现的。上面画的是城堡的平面图，包括地牢、一楼和顶层！我们把地图找出来好好研究一下，怎么样？说不定能找到昆廷叔叔的藏身之处呢。也许就在地图上画着，只不过我们以前没注意到！”

大家都兴奋地看着她，心情变得愉快起来。“这真是个好主意，安妮。”朱利安说，“这件事足够打发一个下雨的下午了。地图在哪儿呢，乔治？我记得你把它藏好了。”

“没错，还在那个旧木盒子里，我放在一排罐头后面了。”乔治说，“我现在就去拿。”

乔治说完就转身上楼了，很快又拿着地图回来了。这是一张用厚厚的羊皮纸制成的地图，因为年代久远而有些泛黄。乔治把地图在桌上摊开，其他人都围了过来，急切地想再看看。

“还记得我们第一次找到盒子时的兴奋劲儿吗？”迪克说。

“当然记得。”乔治说，“我们没有钥匙，只好把它从顶层的窗户扔下去，希望能把它摔开！”

“是啊是啊，响声把昆廷叔叔都吵醒了。”安妮咯咯笑着

说，“他出来拿走了盒子，不肯还给我们！”

“对，可怜的朱利安等到昆廷叔叔睡着了，才悄悄把盒子偷出来！”迪克总结说，“最后我们就发现了这张地图，盯着看了好久！”

孩子们又仔仔细细地看了一遍地图。就像安妮说的那样，这张地图包括三个部分，分别是地牢、一楼和顶层。“不用管顶楼了，那里早就坍塌了，只剩下一座塔。”迪克说。

“嘿，快看！”朱利安突然指向地图上的某一处，“地牢有两个入口，还记得吗？一个是在我们最后找到入口的地方，另一个似乎是在小石屋那边——但是这个入口我们一直没有找到呢，是吧？”

“对啊！”乔治兴奋地大声说，她把朱利安的手指从地图上推开，“瞧，小石屋这儿画着台阶，说明这里肯定有一个入口！这儿也画着台阶，在水井旁边，就是我们找到的那个入口。”

“当时我们在石屋里到处寻找入口，把所有石头都翻了个遍，却始终没有发现，最后只能放弃了。”迪克努力回忆着，“后来我们找到了另一个入口，就把这事给忘了。”

“爸爸一定是发现了我们之前没有找到的那个入口！”乔治得意地说，“这个入口肯定是通向地下的！只是地图有些模糊，看不出是不是和地牢相连。但是这儿很明显是个入口，有台阶通往地下！看，台阶这里还有通道的标记呢。就是不知道到底通向哪里，这儿有几块污渍看不太清。”

“我猜台阶是和地牢相连的。”朱利安说，“只不过我们还没有完整地探索过。你们知道，这座城堡太大了，设计得也很古怪，如果我们再查看一遍整个地牢，也许会在石屋附近发现台阶。不过，那些台阶也可能已经坍塌了。”

“不可能。”乔治说，“我确信爸爸发现了这个入口。我还要告诉你们一些事情，也能证明这一点。”

“是什么？”大家异口同声地问道。

“还记得我们第一次去岛上见爸爸那天吗？”乔治说，“他不让我们在岛上待太久，特意把我们送上船，催我们离开。我们原本想看看他之后会去哪儿，却什么都没看到。但迪克说看见一群寒鸦从城堡那边飞起来，像是突然被惊扰了，所以他猜测我爸爸就是去了那边的某个地方。”

朱利安吹了一声口哨，说道：“对啊，寒鸦就在石屋旁边的高塔里筑巢。只要有人走进屋内，肯定会惊动它们。乔治，你说得没错。”

“昆廷叔叔究竟在哪里工作，这个问题一直困扰着我，却怎么也想不通。”迪克说，“现在找到答案了！”

“爸爸是怎么找到入口的呢？”乔治思索着，“他太坏了，打定主意不告诉我。”

“一定有什么特殊的原因吧。”迪克显得更理智一些，“别再胡思乱想了！”

“我没乱想，只是非常不解。”乔治说，“真希望能立刻划船过去，把所有事都弄个一清二楚！”

“我们这次一定能找到入口，我敢保证。”迪克说，“你爸爸肯定会留下一些痕迹——比如某块特别干净的石头，或是某个地方连根杂草都没有，类似这样的。”

“那么岛上隐藏的敌人，也知道昆廷叔叔的藏身之处吗？”安妮突然发问，“但愿他们不知道！不然昆廷叔叔就很容易被挟持了。”

“敌人去那里是为了窃取昆廷叔叔的实验秘密，不是要把他抓起来。”朱利安说，“幸好有蒂米陪着昆廷叔叔，它对付十来个敌人都没问题。”

“万一他们有枪呢。”乔治突然小声地问。一想到蒂米被敌人的枪口指着，大家都不说话了。这太可怕了！在以往的探险中，他们曾经有过这样的经历，谁都不想再碰上这种事了。

“行了，别傻想了。”迪克站起来说，“我们讨论了半个小时，也解开了谜团。不过这一切究竟是怎么回事，只有昆廷叔叔完成实验之后才能知道。等他离开科林岛，我们就可以去好好探险了。”

“外面还下着雨呢。”安妮望着窗外，“不过看起来快要天晴了。我们出去走走吧。”

“我必须马上去海岸警卫的小屋。”乔治立刻说，“我要用他的望远镜看看蒂米。”

“不如试试家里那副双筒望远镜吧，拿到屋顶上去看看。”朱利安建议说。

“谢谢，我试试。”乔治说，“这主意不错。”

她取下挂在客厅里的野战望远镜，迅速摘掉了外面的皮套。她带着望远镜跑上楼，但很快又失望地下来了。

“我们的房子不够高，岛上的许多地方都看不清楚。塔顶的玻璃小屋倒是能看见，但还是不如海岸警卫的高倍望远镜清晰。我还是想去一趟。你们要是不想去的话也没关系。”乔治把望远镜装回了套子。

“我们也想去看看蒂米。”迪克站了起来，“不过让我告诉你会看到什么吧！”

“什么？”乔治好奇地问。

“我们会看到蒂米玩得正开心，在岛上追兔子！”迪克笑着说，“我的意思是，你不用担心蒂米没有按时吃东西！它早餐吃兔子，晚餐吃兔子，下午茶也吃兔子，还在它最爱的岩石坑里喝雨水。蒂米的日子过得很不错呢！”

“你应该清楚，蒂米才不会这么做呢！”乔治说，“它会寸步不离地跟着爸爸，根本不会分心去想兔子！”

“如果你这么想的话，那才是根本不了解蒂米。”迪克说，“我猜它留在科林岛的原因只有一个——抓兔子！”

乔治气得满脸通红，抓起一本书朝迪克扔去。迪克连忙躲闪，书掉在了地上。

安妮被逗得咯咯笑了起来：“好了，你俩别在这儿拌嘴啦！不然我们永远出不了门。快点，朱利安，我们不等那些吵吵闹闹的人了！”

13 和马丁喝下午茶

太阳出来了。这就是四月的天气，一会儿是突如其来的细雨，一会儿是温暖和煦的阳光。在阳光的照耀下，一切都闪亮着，海面波光粼粼。

孩子们穿着橡胶雨靴，踩着湿漉漉的地面，来到海岸警卫的小屋。

他们四处寻找着海岸警卫。和往常一样，海岸警卫待在他的棚屋里，唱着歌，手里不停地敲敲打打。

“你们好啊。”海岸警卫红光满面的脸上露出笑容，“我正在想你们什么时候再来呢，看看我做的火车站模型怎么样？”

“比我在商店里见过的那些好多了。”安妮崇拜地说。火车站模型确实做得非常精美，就连最微小的细节都惟妙惟肖。

“它们正等着被涂上颜色呢。”海岸警卫看着木头雕刻的搬运工、警卫和乘客，冲这些木偶们点了点头。“那个叫马丁的男孩说会来帮我，他是个不错的小画家，不过他好像出了点意外。”

“出了什么事？”朱利安问。

“我也不太清楚，今天早上他是被他爸爸抱回家的。”海岸警卫说，“可能是在什么地方滑倒了吧。当时我走过去想问问情况，但是他爸爸正忙着把他抱到沙发上。你们为什么不去看看他呢？他虽然有点古怪，但不是个坏孩子。”

“好的，我们待会儿就去看看。”朱利安说，“我们可以先用一下您的望远镜吗？”

“没问题，想看多久就看多久！我说过，你的眼神又不会把它看穿！”海岸警卫说，“对了，乔治，昨晚我碰巧往科林岛望了一眼，正好看到你爸爸发信号。他这么发信号已经有段时间了，是吧？”

“是的。”乔治说，“我先去用望远镜看一下，谢谢您。”

她走到望远镜前面，把镜头转向科林岛的方向。可是无论她怎么看，都没有看到蒂米和她爸爸的踪影。也许他们还待在实验室里，可没人知道那个地方在哪儿。她又望向塔顶的玻璃小屋，那里也空荡荡的。乔治失望地叹了一口气。哎，要是能看到蒂米该多好啊。

其他人也用望远镜看了看，都没有看到蒂米。不过大家都知道，它一定寸步不离地跟着昆廷叔叔，它一直是非常称职的小警卫！

等到大家都看完了，朱利安说：“我们现在去看看马丁？马上又要下雨了，四月的雨没完没了！我们可以在隔壁一直待到雨停。”

“走吧。”迪克看了一眼乔治，“放心吧，乔治，别担心我会做出无礼的行为。我现在已经知道柯顿先生的身份了，他是个记者。”

“我也是，不会再多嘴多舌了。”乔治笑着说，“我明白你的意思。即使‘多嘴多舌’无关紧要，我也不会再多说什么了。”

“祝贺你！”迪克愉快地说，“说话的方式终于像个男孩了！”

“讨厌！”乔治嘴上这么说，心里还是挺高兴的。

孩子们来到隔壁的柯顿先生家。他们刚迈进前门，就听到一个怒气冲冲的声音。

“听着，不行！别想着油漆和刷子了！立刻打消这些愚蠢的念头！乖乖躺着，赶紧把脚踝的伤养好。眼下正是我需要你的时候，你却什么忙也帮不上！”

安妮停下脚步，感到很害怕。柯顿先生的声音从敞开的窗户里传出来，他正在大声训斥马丁。大家都停了下来，犹豫着是不是该进去。

然后他们听到“砰”的一声巨响，柯顿先生从后门离开了小屋。他飞快地穿过花园，顺着悬崖小路走向后面的村子。

“好了，他走了，没看见我们。”迪克说，“真想不到，柯顿先生平时看起来和蔼可亲，发起脾气来竟然这么粗暴。走，趁他不在，我们进去看看可怜的马丁。”

他们敲了敲门。“马丁，是我们！可以进来吗？”朱利安高声叫道。

“当然！快进来吧！”马丁在屋里回答，声音听上去很高兴。朱利安推开门，孩子们走了进去。

“听说你发生了意外。”朱利安问，“是怎么回事？伤得很严重吗？”

“哦，没什么，只是扭伤了脚踝。但是太疼了，我是被抱回家的。”马丁说，“这可真丢脸！”

“哦，如果只是扭伤，很快就会痊愈的。”迪克说，“我也经常扭伤。要想尽快恢复，关键是得早点下地活动。对了，你在哪儿摔倒的？”

令人惊讶的是，马丁的脸突然红了。“嗯……当时我和爸爸在采石场边散步。我不小心滑了一下，就一路滚下去了。”

屋里一阵沉默，然后乔治开口了：“那么，你没有把我们的小秘密透露给你爸爸吧？我是说，和大人分享秘密没什么意思，他们总想着窥探我们的世界，还是我们自己去探险更有趣。你没有跟他说石头下面有个洞口，对吧？”

马丁犹豫了一下：“恐怕我已经跟他说了。对不起，我以为这没什么。”

“什么？！”迪克生气了，“那是我们的发现。我们原本打算今天下午就去探险的，只不过怕下雨之后路滑摔下去，才没去。”

朱利安眼神犀利地盯着马丁："你就是在顺着斜坡往下爬的时候滑倒的吧？"

"是的。"马丁说，"如果你们认为这是仅属于你们的秘密，我很抱歉。我只是把这事当成趣闻，跟我爸爸随口提起，然后他就说想去看看。"

"好吧，算了。记者们总是这样，不管听到什么事，都一定要到现场去亲眼看看，这是他们的职业病。"迪克说，"马丁，你得让你爸爸离采石场远一点。在他插手之前，我们要先去那儿探险。虽然有可能什么也找不到！"

又是一阵沉默。孩子们感觉和马丁对起话来有点困难，都不知该说些什么。马丁和普通男孩不太一样，既不喜欢开玩笑，也从来不发表傻乎乎的意见。

"你躺在这里不觉得无聊吗？"安妮替马丁感到难过。

"太难受了。"马丁说，"我想让爸爸去找海岸警卫，把那些小木偶拿过来，我答应过要帮他涂颜色的。可是爸爸不允许。其实我很喜欢画画，就像给玩偶搬运工和警卫画衣服。只要手里有支刷子，我可以给他们涂上各种颜色！"

这是马丁说过的最长的一段话！当他说起这些的时候，脸上的沉闷一扫而空，整个人都变得明快开朗起来。

"我猜你想成为一名艺术家吧？"安妮说，"我也想！"

"好啦，安妮！你画的猫根本不像猫！"迪克嘲笑说，"你画的牛，我还以为是大象呢。"

听了这话，安妮生气了，露出愤怒的表情。马丁对她笑了笑：“给你们看看我的画吧。我爸爸不喜欢我成为艺术家，我只能把它们偷偷藏起来。”

“如果不想动，你就别起来了。”朱利安说，“我来帮你拿。”

“没关系，活动一下或许好得更快些。”马丁小心翼翼地把右脚放在地板上，站了起来，“看，其实没那么严重！”

他一瘸一拐地穿过房间，来到一个书架前，把手伸进第二排书后面，取出一个扁平的大纸盒，然后他把盒子放到桌上打开，拿出一些画。

“天哪！”安妮惊叹道，“真漂亮！这些真的都是你画的？”

对于一个小男孩来说，能画成这样确实让人难以置信。花草、树木、鸟儿和蝴蝶，每一笔都很细腻，每一抹色彩都很完美，每一个细节都充满了情感。

朱利安也惊讶地看着这些画。马丁的画，比起他在画展见过的那些毫不逊色！这个男孩真的很有天赋。

朱利安拿起几张画，走到窗边仔细端详。“你说你爸爸认为这些画都画得不够好？他觉得你不值得接受训练，成为一名真正的艺术家？”他惊讶地问。

“是的，他讨厌我画画。”马丁痛苦地说，“我曾经偷偷跑到一所艺术学校去学习，但爸爸找到了我，逼我打消念头。在他眼里，男人喜欢画画是没出息的事，所以我只能背着他偷偷画。”

孩子们都同情地看着马丁。这个男孩失去了妈妈，最大的爱好又遭到爸爸的强烈反对。他实在太可怜了，难怪总是愁眉苦脸！

“别难过了，”朱利安说，“我们能帮你做点什么吗？”

“把那些小木偶和油漆罐给我吧，可以吗？”马丁急切地说，“我爸爸要到六点之后才会回来。现在还有时间，我可以给它们涂上颜色。还有，留下来陪我喝茶吧，我一个人实在太闷了。”

“没问题，我去帮你拿，你应该做点自己感兴趣的事。”朱利安说，“我给范妮婶婶打电话，告诉她我们要留在这里喝下午茶。至于喝到什么时候，反正不会久到我们把你家的所有食物都吃光！”

“哈哈，太好啦。”马丁发自内心地高兴，“我爸爸的胃口很大，所以家里备着很多吃的。我还要说一句，谢谢你们。”

朱利安给范妮婶婶打了电话。乔治、安妮和迪克一起去找海岸警卫，拿来了小木偶和油漆，放在马丁手边的桌上。马丁的眼睛顿时亮了起来，瞬间好像变了个人。

“太好了，我可以继续涂颜色了！”他说，“虽然只是画着玩玩，但隔壁的警卫爷爷需要帮忙，而我也喜欢拿着画笔涂涂抹抹！”

马丁熟练地为小木偶们涂上颜色，动作又快又灵巧。安妮坐在旁边看得入迷。乔治去储藏室里取来了茶具。柯顿先生家的食物真是够丰富的！她切了点吐司和黄油，找到了新鲜的蜂蜜和一个很大的巧克力蛋糕，还有一些姜汁圆面包，她还烧了一壶水准备泡茶。

“太好了。”马丁再次感叹，“真希望我爸爸八点都别回来。顺便问一下，那只大狗呢？乔治，我以为它会一直跟着你呢！蒂米去哪儿了？”

鱼儿在一天中的什么时候最容易因缺氧窒息而“翻塘”？

A. 早晨　　B. 中午　　C. 傍晚

14

忐忑不安

迪克看着乔治，他觉得告诉马丁蒂米在哪儿也不要紧，只要乔治别说蒂米为什么留在科林岛就行。

但是乔治决定要管住自己的嘴，她看着马丁，故作不经意地说：“哦，蒂米吗？它没什么事，只是我们今天没带它出来。”

“它一定和你妈妈逛街去了吧，我猜它想去肉店转转！”马丁说。这是马丁第一次开玩笑。虽然这个笑话有点冷，但孩子们都由衷地笑了起来。马丁很开心，他灵巧地给小木雕涂着颜色，心里又开始设计下一个笑话了。

下午茶非常丰盛。时钟指向差一刻六点的时候，女孩们小心地拿起涂好颜色的小木雕，把它们送回了海岸警卫。迪克把油漆罐和放在松节油罐子里的画笔也拿了过去。海岸警卫对小木雕的色彩非常满意。

“那个男孩确实很聪明吧。”海岸警卫欣赏着漂亮的小木雕，高兴地说，“虽然他看上去有些忧伤沉闷，但绝对不是坏孩子！”

“趁着天还没黑，我想再用您的望远镜看看科林岛。”乔治说。

她再次把望远镜转向科林岛，但仍然没有看到蒂米，也没有爸爸的踪迹。她仔细搜寻了很长时间，然后向其他孩子走去。看着大家都好奇地扬起眉毛，乔治失望地摇了摇头。

女孩们把茶具清洗干净了，整齐地放回原处。没有人想留下来等柯顿先生回家，因为他对待马丁的态度太恶劣了，孩子们现在都不喜欢他。

“谢谢你们陪我度过了一个愉快的下午。”马丁一瘸一拐地把他们送到门口，“我很高兴能画画，也非常感谢你们陪我聊天。”

“你可得坚持画画。”朱利安说，“如果这是你下定决心要做的事，就应该全力以赴，对吧？”

“没错。”马丁说，他的神色又变得黯淡了，“但是有很多阻碍，三言两语很难说清楚。不过没关系！总有一天，一切都会好起来的。我一定会成为世界闻名的艺术家！”

“快走吧，他爸爸要回来了！”迪克对朱利安低声说道。

孩子们离开了柯顿先生家，顺着悬崖小路往回走。途中，他们瞥见柯顿先生从另一条小路走了上来，但没发现他们。

“真是个可怕的人！”安妮说，“竟然禁止马丁做他真正想做的事，而且他还装出一副对‘我们整个’都温和友善的样子，不是吗？”

“哈哈，我们整个。”迪克笑着重复安妮造出的新词，“其实很多人都是这样的——家里一个样，外面一个样！”

“但愿柯顿先生不会想去查探采石场的那条通道。”乔治回过头，看到柯顿先生走进了自己家的后门，“要是他突然插手破坏了我们的探险，那就太扫兴了。虽然可能不会有什么发现，但发现自己不会有发现，也是一种有趣的经历。”

“这话有点绕！”迪克笑着说，“不过我能明白你的意思。话说回来，下午茶还真不错啊。”

“哦。”乔治心不在焉地回答，一直东张西望。

“怎么了？你在找什么？”迪克问。

“啊？哎，我傻了，我在找蒂米！”乔治这才回过神来，“我已经习惯了它跟在身边，现在它不在，我没法适应这种怪怪的感觉。”

“我也有同感，总像缺点什么。”朱利安说，“亲爱的老蒂米！我们都非常想它。但最想念它的人是你，乔治。”

“是啊，尤其是晚上。”乔治说，“没有蒂米的陪伴，我怎么也睡不着。”

“等你睡觉的时候，我找个靠垫用毯子包起来，把它放在你脚边。”迪克说，“感觉就像蒂米一样！”

“根本不一样！别傻了。”乔治没好气地说，“摸起来不一样，闻起来也不一样，蒂米身上有一种可爱的气味。”

“对，一股蒂米味儿，我也喜欢。”安妮表示同意。

晚上，孩子们一起玩大富翁游戏，很快就夜深了。朱利安回到卧室的床上，等待昆廷叔叔的信号。不用说，乔治也在他们的房间，站在窗前等着。时针终于指向了十点半。

“时间到了！”朱利安说。他的话音未落，第一道闪光就从塔里射了出来。

“一，”乔治数着，“二，三，四，五，六！”她焦急地等待着，想知道是否还有更多的闪光，但是信号闪了六次就停止了。

“现在你可以安心睡觉了。”朱利安对乔治说，“你爸爸平安无事，这意味着蒂米也很好。说不定他记得让蒂米美餐一顿，他自己也顺便享用！”

“就算他忘了喂蒂米吃东西，蒂米也会提醒他的。”乔治走出男孩们的房间，“晚安，迪克！晚安，朱利安！明早见。”

回到房间以后，乔治躺在床上翻来覆去，没有蒂米的陪伴，真的很难入睡。她紧紧裹着被子，思念着蒂米，不知什么时候就进入了梦乡。她梦见了她的科林岛，梦见了蒂米和她在一起，他们还在地牢里发现了很多金锭。啊，多么美好的梦啊！

第二天早晨，阳光明媚，四月的天空蓝得像花园里绽放的勿忘我。早餐时，乔治一直从餐厅窗户往外望，想着蒂米是不是正在岛上撒欢乱跑。

“梦见蒂米了？”朱利安笑着问，“别担心，乔治，你很快就会见到它了。一个小时以后，你就可以举着海岸警卫的望远镜看个够了！”

“十点半的时候，如果蒂米和你爸爸一起出现在塔顶，你真的能看清它吗？”她妈妈问，“距离这么远，我想不出你怎么能做到呢。”

“当然可以的，妈妈。”乔治说，“那是一个非常大的望远镜。我先上楼整理床铺，然后去海岸警卫那里，还有谁要一起去吗？”

“我想让安妮帮我点忙。”范妮婶婶说，“我要找一些旧衣服，拿去给牧师的妻子做慈善义卖。安妮，不介意帮帮我吧？”

“当然，我很乐意。”安妮立刻回答，“男孩们打算做什么呢？”

“我今天必须做暑假作业。”朱利安叹了口气说，“虽然我并不想写，但是已经拖了很久了。迪克，你最好也赶紧写吧。你知道自己的拖延症有多严重，如果不抓紧的话，你又会把作业拖到最后一天！”

“好吧，那我也做作业。”迪克说，“乔治，你只能一个人去海岸警卫那里了，没问题吧？”

“一点问题都没有。”乔治说，“等我看到了蒂米和爸爸，就马上回来。”

说完，乔治就跑回卧室整理床铺了。朱利安和迪克去拿书，准备做作业。安妮也回房间整理好了她的床，然后下楼给范妮婶婶帮忙。几分钟之后，乔治喊了声“再见”，就冲了出去。

“她总是像一阵风似的！”范妮婶婶说，“只要能跑，乔治就绝对不会走的。安妮，来把衣服分类放好吧。很旧的，半旧的，新的，分成三堆。”

十点半快到了，朱利安走到窗口，等待着昆廷叔叔的信号。十点半刚过几秒，闪光就出现了。一，二，三，四，五，六。太好了！朱利安想，乔治又可以安心地待上一整天了，也许大家下午还可以一起去采石场探险呢。

朱利安重新拿起书，很快就沉浸在书里。迪克却在他身边打起了呼噜。

差五分就 11 点了，这时门外传来一阵急促的脚步声，伴随着粗重的喘息声，乔治出现在起居室门口。正在做作业的两个男孩都抬起头来。

乔治的脸红红的，头发也被风吹乱了。她努力让呼吸平稳，这样才能说出话来。“朱利安，迪克！出事了！蒂米不在那里！”

“什么意思？”朱利安惊讶地问。乔治扑倒在椅子上，仍然不停地喘着粗气。男孩们看见她在发抖。

“我是认真的，朱利安！我告诉你，信号过来的时候蒂米根本不在塔里！”

“这样啊，也许是你爸爸粗心大意忘了带蒂米吧。”朱利安善解人意地说，“那你看到什么了？”

“我用望远镜一直盯着看。”乔治说，“我看见有人走进了塔顶的玻璃小屋，我就马上找蒂米的踪影，但是它不在那里！六道闪光信号之后，那个人又消失了，整个过程就是这样。蒂米不在那儿！我真的要担心死了，朱利安。”

“好了，别这样。”朱利安试图安慰她，“老实说，我相信事情就像我说的那样，你爸爸只是忘了带蒂米一起去玻璃小屋而已。你已经看见你爸爸了，那就说明一切都没问题。”

“我才没有担心爸爸呢！”乔治喊道，“他都发了信号，肯定没事——我是说蒂米！就算爸爸忘了带上它，它也会自己跟上去的！”

“也许是你爸爸把塔底的门锁上了，蒂米没法跟着一起上去呢。”迪克说。

“这倒有可能。”乔治皱起眉头，她确实没想到这一点，“哎，我这一整天都过不安稳了。我为什么没和蒂米待在一起呢？现在该怎么办啊？”

“明天早上再看看吧。”迪克说，“说不定到时候蒂米就出现了。”

“明天早上？我现在可是度日如年！”乔治用手捂着脸，发出一声哀叹，“哎，你们不知道我有多爱蒂米。朱利安，如果你有一只自己的狗，也许会理解的，这种感觉真折磨人。亲爱的蒂米，你还好吗？”

“它当然好好的。”朱利安有点不耐烦了，“振作起来，乔治。”

“我总感觉哪里不对劲。”乔治固执地说，“朱利安，我觉得我应该去岛上看看。”

“别犯傻了，乔治。”朱利安马上说，“你爸爸除了有点健忘之外，没什么异常情况。他已经给我们发了平安信号，这就够了！你别跑去大吵大闹，那样太没礼貌了。”

“好吧，我会试着耐心点。”乔治出乎意料地顺从了。她站起来，仍然显得忧心忡忡。朱利安也把声音放得柔和一些：“开心点，伙计！有时候你太喜欢钻牛角尖了，不是吗？”

蒂米经常伸出舌头直喘气，这是因为（　　）

A. 狗靠舌头散热　　　B. 小狗太累了，需要呼吸

15

午夜时分

乔治不再继续抱怨，她在房间里走来走去，蓝色的眼睛里满是焦急。爸爸发来信号的时候，她没有看到蒂米在那间玻璃小屋里。这是怎么回事？她压抑着要把这一切告诉妈妈的冲动。

最终，她还是把这件事告诉了妈妈。然而，她妈妈的想法和朱利安一样："看吧，我就知道你爸爸会忘记带着蒂米！他工作的时候，对别的事根本不上心。"

这天下午，孩子们准备到采石场的那条通道去探险。午饭后他们就出发了。到了采石场，却没人敢爬下凹坑。昨天的一场大雨让斜坡变得又湿又滑，非常危险。

"看！"朱利安指着一处被压倒的灌木丛，"我猜那就是马丁滑倒的地方！他幸好没摔断脖子！"

"是啊，我们最好也别下去了。"迪克说，"改天再来吧，

等地面干了再说。”

这真让人失望。他们原本都跃跃欲试，还带来了手电筒和绳子。

“那我们现在做什么呢？”朱利安问。

“我要回家了。”乔治的回答出人意料，“我累了，你们几个去散步吧。”

安妮看着乔治，觉得她的脸色有点苍白。

“我和你一起回去吧。”安妮说着，伸手挽住乔治的胳膊，但是乔治挣脱了。

“不用了，安妮。我想一个人待会儿。”乔治焦急地说。

“好吧，那我们到悬崖那边去。”朱利安说，“那边景色不错，还可以吹吹风。那一会儿见了，乔治！”

其他几个孩子离开了。乔治转过身，飞快地跑回科林庄园。她妈妈出门了，乔安娜在楼上的卧室里。乔治跑进储藏室拿了几样东西，一股脑儿塞进背包，然后迅速离开了房子。

她跑去找渔家男孩阿尔夫。“阿尔夫！今晚我要去科林岛。我把蒂米留在那里了，我非常担心它。十点钟之前帮我把船准备好，记住，千万别告诉任何人！”

阿尔夫总是非常乐意为乔治效劳，不管做任何事。他点了点头，什么也没问。“没问题，乔治小姐，你想在船里放点什么吗？”

“就这个背包。”乔治说，“可别出卖我，阿尔夫。只要确认了蒂米一切都好，我明天一早就回来。”

乔治又飞快地赶回了科林庄园，她希望乔安娜没有注意到她从储藏室里拿走了东西。

“就算是我做错了，我也没办法袖手旁观。”乔治自言自语，“我知道蒂米肯定有什么不对劲，我也不确定爸爸是不是真的没事。他应该不会忘记对我的承诺，发信号的时候会带着蒂米的。我必须去岛上亲眼看看。就算这么做不对，那也是不得已！”

其他孩子走在回科林庄园的路上，也在想乔治是怎么了，为什么这么烦躁不安。回到家，孩子们喝了下午茶，又帮范妮婶婶做了些园艺活儿。乔治也在帮忙，但她的心思根本不在这儿。如果不是她妈妈阻止，她有两次都要把花苗当成杂草拔了。

很快就到了睡觉的时间，女孩们在离十点还有一刻钟的时候就上床了。安妮累了，一沾上枕头就睡着了。乔治一听到安妮的呼吸声变得均匀，就立刻从床上爬起来，套上暖和的运动衫，拿起雨衣、橡胶雨靴和一条厚毯子，蹑手蹑脚地走下了楼。

乔治从侧门离开了家，她的身影融入了夜色。月亮从云层里探出半张脸，四周不像平常那样漆黑一片。乔治很高兴，月光能照亮穿过礁石群的路线。不过她很自信，即使在漆黑一片中，自己也能驾船到达科林岛！

阿尔夫正在等着她，船已经准备好了。“一切就绪，”阿尔夫说，“现在我帮你把船推出去，接下来就靠你自己了。小心点，千万别碰到礁石，不然船就会进水下沉的，准备好了吗？”

乔治出发了。听着海水拍打船舷的声音，她如释重负地长出了一口气。她一边用力划桨一边皱着眉头，想着需要的东西是不是都带齐了：两支手电筒，充足的食物，一个开罐器，一些水，还有一张可以裹在身上御寒的毯子。

此时在科林庄园里，朱利安正躺在床上等待昆廷叔叔的信号。十点半，约定的时间到了。信号来了！一,二,三,四,五,六！很好，一共六次信号，没有更多了！

奇怪的是，乔治没有来男孩们的房间一起等信号，她昨晚就来过。朱利安下了床，走到乔治和安妮的房间门口，把头靠在门上轻声说：“乔治！你爸爸又发来信号了，一切都好。”

没有人回答。朱利安只听见均匀的呼吸声，女孩们肯定都睡熟了！这说明乔治没那么担心蒂米了。朱利安转身回到房间，很快也睡着了。他想不到，乔治的床是空的。他更想不到，乔治此时正在和科林湾的海浪搏斗呢！

去往科林岛的路比乔治预想的困难得多。就在她最需要亮光的时候，月亮却恼人地躲进了云里。幸好是涨潮时分，大多数礁石都淹没在海面下比较深的地方，小船才能顺利地穿过礁石群。

终于，乔治把船划进了小海湾，这里的水面非常平静。她气喘吁吁地把船拖到岸上，站在黑暗中冥思苦想。

接下来她应该做什么呢？她还不知道爸爸的藏身之处。不过她猜测入口肯定在小石屋里面或者附近的某个地方。

先去那儿看看？好，就这么办吧。不管怎样，那里是岛上唯一能过夜的地方。等到了小石屋，她就拿着手电筒搜寻进入藏身之地的入口。如果找到了，她要进去给爸爸一个惊喜！如果蒂米也在那里，它肯定会高兴得像发疯一样。

乔治背起沉重的背包，把毯子搭在手臂上，向着石屋出发了。她不敢打开手电筒，因为害怕被隐藏着的敌人察觉，毕竟她爸爸听到过有人咳嗽。

但乔治并不害怕，甚至从没闪过这样的念头。她的全部注意力都集中在蒂米身上。她要找到它，确定它安然无恙。

乔治来到小石屋，里面漆黑一片，连一丝微弱的月光都没有照射进来，她不得不打开了手电筒。

她走到靠近旧壁炉的凹处，把袋子放在墙边，再把毯子铺在地上。然后她关掉手电筒，坐了下来。

休息了一会儿，乔治重新打开手电筒，站起来开始寻找爸爸的藏身之处。那个秘密入口到底在哪儿呢？她拿着手电筒照射地面的每一块石板，但没有哪块石板看起来像被动过。屋里没有任何痕迹能够表明入口的位置。

乔治又沿着墙壁走了一圈，用手电筒照着仔细检查，还是没有发现哪面墙后面像是隐藏着通道。真让人百思不得其解！她怎么才能知道答案呢？

乔治坐在黑暗中，把毯子裹在身上，思考着那个隐秘的入口究竟在哪里。小石屋里一片冰冷，她禁不住瑟瑟发抖。

突然，乔治听见了一个声音！她立刻跳起来，绷紧了每一根神经，用力屏住呼吸，那是什么声音？

先是一阵“刺啦刺啦”的摩擦声，接着又传来“砰”的一声轻响。声音来自壁炉那边，那个壁炉是很久以前人们烧柴火的地方！乔治一动不动地坐在那里，眼睛和耳朵保持着高度警惕。

突然，壁炉凹处闪出一道微弱的光，然后传来一个男人的咳嗽声！

那是爸爸吗？他有时候也会咳嗽，乔治仔细分辨着。光束变得越来越亮，然后她又听到了另一个声音，好像是有人跳下来了！接着，那人说话了！

“快跟上！”

那不是爸爸的声音！乔治吓得浑身发冷。那不是爸爸！那爸爸和蒂米去哪儿了？他们出了什么事？

又有一个人跳了下来，那人嘟囔着说：“我可不习惯这样爬行！”

那也不是她爸爸的声音。不明身份的敌人现身了！而且还是两个！他们应该已经知道了爸爸的秘密工作室，乔治吓得快要晕倒了。爸爸和蒂米也不知道怎么样了？

那两个人走出了小石屋，压根儿没看见乔治。乔治猜测他们要去那座高塔。他们会在那儿待多久呢？她有足够的时间去壁炉那边查探吗？

乔治竖起耳朵，听着脚步声似乎走进了城堡的院子。她悄悄走到门口向外张望。没错，塔楼附近有手电筒的光！如果他们到塔上去了，她的时间就比较充足了。

乔治回到小石屋，手抖得厉害，差点连手电筒都打不开了。她走到壁炉前，打着手电筒往凹处照射。

啊，壁炉的上方有一个黑洞！乔治倒吸了一口气！她用手电筒照过去，原来那里有块石头是活动的。石头前后晃动着，露出了一个入口。入口通向哪儿？入口后面会不会就是旧地图上画的那段台阶？

乔治屏住呼吸，踮起脚尖尽量把手电筒光照进洞里去。果然有台阶，一直往下延伸到后面的一面墙那里！乔治想起来了，这间石屋正好背靠着城堡的残墙，那堵墙特别厚。

乔治站在那里，不知道该怎么办。或许她应该走下去看看？说不定能找到爸爸和蒂米。但万一被发现，她就会被那两个人抓起来。如果留在外面，等那两个人回来关上入口的石门，她就没办法打开了。这两种结果都很糟！

“我要下去看看！”乔治突然做出决定，“我要去搞清楚这个入口是不是通向地牢，但我应该把背包和毯子带走，以免那些人回来时发现。无论如何都不能让他们知道我在岛上！我得先把我的东西藏起来。”

乔治拎起毯子和背包，一股脑儿推进了洞口。背包顺着台阶滚了下去，里面的罐头发出响亮的撞击声。

接着她也爬了下去。天哪，这段台阶真是又黑又长！它到底通向哪里呢？

16

海底隧道

乔治小心翼翼地走下狭窄陡峭的石阶，心里想着：那两个人就是从这里直接到石墙那边的。天哪，这地方可真够窄的！

台阶确实太窄了，乔治只能紧贴着一侧慢慢走。“如果是个胖子，肯定过不去！”她自言自语，“太好了，终于走到头了！”

她举着手电筒继续往下走，在路上捡起毯子披在肩上，又重新背上了背包。四周一片黑暗，安静得没有一点声音。但乔治并不害怕，她一心只想着能见到蒂米。只要想到蒂米也许就在下一个拐角处等着迎接她，所有恐惧都被赶跑了！

乔治很快走到了台阶的最底部，手电筒的光照亮了一条突然拐向左边的狭窄隧道。她停下脚步努力辨别方位，心里默念着：“这里就是和地牢的连接处吗？应该不会离得太远，只是现在还看不到地牢。”

乔治沿着狭窄的隧道往前走。隧道的顶越来越低，就快要挨着地面了，她不得不爬着过去。她用手电筒光照了照头顶上方，看到了黑黝黝的岩石。曾经的隧道建造者在开凿这些岩石的时候，肯定费了不少功夫。

隧道一直往前延伸。乔治越走越觉得不对，这条隧道不是通向地牢吗？但自己走了这么久，应该已经走过地牢了，现在朝海岸的方向去了！这是怎么回事，真奇怪！再往前去，她就要走到海底了。

隧道开始往下倾斜，出现了更多的台阶。它们都是就地取材，直接在石头上粗糙地开凿出来的。乔治小心翼翼地往下走，可是，这条路究竟通向哪里呢？

终于到了台阶的尽头，前方的隧道像是在坚硬岩石中生生开出的一条路，要不然就是天然形成的，乔治也说不准。手电筒的光照亮隧道，两侧和顶部都是黑黝黝的石壁。她深一脚浅一脚地走在坑坑洼洼的石头地面上，她多么渴望蒂米能在身边啊！

“我一定是在很深的地方了。”乔治心想。她再次停下脚步，用手电筒扫向周围，“一定非常深，已经离城堡很远了！天哪，那是什么可怕的声音？”

一阵低沉的隆隆声隐约传来，乔治竖起耳朵仔细听着。是爸爸在做实验吗？那个声音不断响起，一阵儿接着一阵儿，轰隆隆地不绝于耳。

“到底是什么声音？天哪，大海！”乔治惊讶地叫起来。她停下来又仔细听了听。“没错，是大海！就在我头顶！不会吧，我竟然在科林湾下面的海床里！”

现在乔治终于感到害怕了！在自己头顶之上，咆哮的巨浪正在汹涌翻滚，湍急的水流猛烈地拍打着岩石海床。想到这些，她害怕极了。万一海水突然涌进狭窄的隧道，该怎么办？

“喂，乔治，别犯傻了。”她严肃地对自己说，“这条隧道在海底已经几百年了。怎么会偏偏你在里面的时候，就突然变得不安全了呢？”

乔治这样自言自语着，情绪渐渐稳定下来。她又开始往前走，一想到自己竟然在大海下面行走，她感觉太奇特了。原来这就是爸爸工作的地方，在海底！

乔治突然想起来，他们第一次上岛看望爸爸的时候，爸爸说过的话。现在她明白那是什么意思了。“没错，就是这样！”乔治说，“他说自己的头顶和四周都被水包围着，现在我明白了！他的实验室就在这里，海水在他的头顶，也在他的四周，因为这是一座岛！”

这就是爸爸在科林岛做实验的原因。不过他是怎么发现海底有条秘密隧道的呢？“连我都不知道呢。”乔治说，“哦，前面是什么？”

乔治停下脚步。前方的隧道豁然开朗，变成了一个巨大的黑暗洞穴。洞穴高得出奇，消失在黑暗的阴影中，看不到顶。乔治环顾四周，看见了很多奇怪的东西，有电线、玻璃盒子，还有一些小型机器正在悄无声息地运转着。机器中间有很多小灯闪烁着奇异的光。

不时有火花突然迸发又瞬间熄灭，伴随着一股奇怪的气味在洞穴里蔓延开来。“真古怪！”乔治心想，“爸爸能把这些机器都搞明白吗？真想知道他在哪儿啊，但愿那些人没有把他关起来！”

这个神奇的洞穴还连着另一条隧道。乔治打开手电筒走了进去。隧道和前面走过的那条差不多，只不过顶部更高一些。

乔治顺着隧道走进了另一个洞穴。这个洞穴更小一些，塞满了各种各样的电线。洞里充斥着一种奇怪的嗡嗡声，像是一个大蜂巢，里面仿佛有一千只蜜蜂在同时扇动翅膀。

“一定是这些电线发出的声音。”乔治心想。这个洞穴里也没有人，却又通过隧道连接着另一个洞穴。乔治盼望着能尽快在某个洞穴里找到蒂米和爸爸。

第三个洞穴空空荡荡，非常寒冷，乔治禁不住打了个哆嗦。她继续沿着隧道进入第四个洞穴。这个洞穴很小，乔治刚走进去，就看到了一丝亮光从洞穴深处透过来！

那是灯光！爸爸也许就在那边！乔治用手电筒四处照

射，看到了罐头、啤酒、糖果，还有一堆衣服。这应该就是爸爸存放东西的地方了。乔治继续朝下一个洞穴走去，想着蒂米怎么没有听到她的脚步声，跑过来迎接她呢。

她小心翼翼地走进亮着光的洞穴里。有一个人正坐在桌边，手托着头，一动也不动。正是爸爸！可是，到处都没有蒂米的身影。

“爸爸！”乔治大喊了一声。那人猛地抬起头，转过脸，直勾勾地盯着乔治，似乎不敢相信自己的眼睛。然后他又回过头，把脸埋在双手中。

“爸爸！”乔治又喊了一声。爸爸看到她竟然一言不发，这让她有点害怕。

这一次，乔治的爸爸站了起来，他环顾四周，眼神终于聚焦在乔治身上，然后重重地坐了下去。乔治跑到他面前，连声问道：“爸爸，您这是怎么了？发生了什么事？蒂米在哪儿？”

“乔治！真的是你吗，乔治？我不是在做梦吧！”乔治的爸爸说，“你是怎么到这儿来的？天哪，你不可能找到这里！”

“爸爸，您还好吗？这是怎么回事？蒂米呢？”乔治焦急地问。她到处都看过了，没有发现蒂米的踪影。她的心沉了下去，难道蒂米遭遇了什么不幸？

“你看见那两个男人了吗？”她爸爸问，“他们去哪儿了？”

“爸爸，我们为什么总是互相提问，却不回答对方的问题！”乔治说，“您先告诉我，蒂米在哪里？”

“我不知道。”她爸爸终于回答了一句，“那两个人是不是去塔里了？”

“是的。”乔治说，“到底出了什么事，爸爸？”

“我们还有差不多一个小时的时间。”她爸爸说，“现在仔细听着，乔治，我要说的事情非常重要。”

“嗯，我听着呢。”乔治说，“但是请讲快点，然后告诉我蒂米在哪儿。”

“那两个人是坐飞机空降到科林岛上的，目的是窃取我的实验秘密。”她爸爸说，“现在我就告诉你，我的实验究竟是什么。我正在研究一种方法，为全世界提供热能和动力。它可以取代煤、焦炭和石油。掌握了这种方法，就再也不需要开采矿产了。”

“哇！”乔治大声惊叹，“这将是世界上最棒的发明之一！”

“是的。我想把这个发明赠予全世界，和所有人分享。”她爸爸说，“它既不属于任何一个国家，也不属于任何组织。这是送给全人类的礼物。但是乔治，有人想抢走我的发明占为己有，再利用它大发横财。”

“真可恶！”乔治喊道，“爸爸，快告诉我，他们是怎么知道您的实验的？”

“我之前和同事们一起进行研究，但是其中有人背叛了我们，把实验机密泄露给一些有权势的商人。”她爸爸说，“所以我才躲起来打算独自完成实验，这样就不会有人再告密了。”

“所以您就到这儿来了，在我的科林岛上！”乔治明白了。

“是的，我的实验需要上方和四周都有水。”她爸爸说，“我偶然看到了那张旧地图的副本，上面画着有条隧道通向海底，可以从石屋的入口进入。所以我就找到了这个海底洞穴，这是理想的实验场地。”

“爸爸，我真是太大惊小怪了！”回想起自己之前乱发脾气，乔治惭愧地说。

“是吗？”她爸爸有点惊讶，好像完全不记得了，“反正我把所有的实验设备都带到岛上了。可是现在那些家伙找到了我，把我关在这儿！”

“可怜的爸爸！”乔治问，“我能做些什么吗？我可以回去找人来帮忙，对吧？”

“是的！”她爸爸说，“但千万不能让那些人发现你，乔治。”

“爸爸，我愿意帮您做任何事，任何事！”乔治说，“但请先告诉我，蒂米究竟怎么了？”

“蒂米一直保护着我。它真是一只很出色的狗，乔治。”她爸爸说，“今天早上我从石屋的入口出来，正准备带着蒂米去玻璃小屋发信号，那两个人突然冲出来抓住了我，强迫我回到了这里。”

“那蒂米怎么样了？”乔治着急地问。爸爸是怎么了，就不能赶紧告诉她最想知道的事吗？

“蒂米朝那两个人扑了过去。”她爸爸说，“但是不知怎么的，那些人用绳索套住了它。绳索紧紧勒在它的脖子上，蒂米几乎要窒息了。”

“可怜的蒂米！”乔治的眼泪顺着脸颊流了下来，“它，它没事吧？”

“它应该还好。后来我听那两个人说，要把它带去别的小洞穴里关起来。”她爸爸说，“今天晚上，我看到其中一个人拿了狗饼干。这说明蒂米还活着，而且有点饿了！”

乔治松了一口气，蒂米还活着！她毫不犹豫地朝通往下一个洞穴的隧道走去，也许蒂米就关在那儿呢。“爸爸，我现在就去找蒂米，我一定要找到它！”乔治边走边说。

一个逃犯进了一位化妆师家，逼着化妆师为他化妆，以便逃出这个城市。化妆很成功，连逃犯自己也不认识自己了，但逃犯一走上大街就被捉住了。为什么？

17

珍贵的笔记本

“乔治，回来！”她爸爸高声叫道，“我还有件很重要的事要说，过来！”

乔治回到爸爸身边，等不及要去找蒂米。不管它在哪儿，她必须找到它！

“听好了。”她爸爸说，“我有一个笔记本，里面有我所有的实验记录。那些人暂时还没有发现它。我要你把它安全地带到陆地上去。记住，别让它离开你的视线！如果那两个人得到了它，他们就什么都知道了！”

“可是他们已经看到了电线和这些设备，不就都知道了吗？”乔治问。

“他们确实知道得不少。他们在这里发现了很多东西，但不是全部。”她爸爸说，“我舍不得销毁这个笔记本——即使我遭遇不测，至少我的发明还能保留下来。乔治，现在我

把它交到你手里。你一定要送去这个地址，交给那里的人。”

“责任重大，我一定会尽最大的努力。”一想到这个笔记本不仅对爸爸非常重要，而且对全世界都具有非凡的意义，乔治有些害怕，“我先躲到某个洞穴里。等那两个人回来，我就沿着隧道溜走，从石屋的入口逃出去，以最快的速度划船回到大陆。然后我会把笔记本安全送到，然后找人来岛上救您。”

“好孩子，我为你感到骄傲。”爸爸紧紧地拥抱了乔治，“你就像男孩一样勇敢。”

乔治觉得这是爸爸对她最好的夸奖。她对爸爸微笑着说：“爸爸，我先去找蒂米。我必须确定它没事，才能安心地躲起来。”

“好吧，那人拿着狗饼干朝那个方向走的。”她爸爸说，“哦，对了，你是怎么半夜跑到岛上来的？”

爸爸似乎刚想起来，乔治可能也有一段故事要讲。但是乔治觉得不能再浪费时间了，必须先找到蒂米。

“一会儿再告诉您，爸爸。”她说，“那个笔记本在哪里？”

乔治的爸爸站起来，走到洞穴的后部。他拿起一个箱子，站在上面，伸手沿着一条黑暗的裂缝摸索，终于找到了他想要的东西。

那是一个长条形的本子，纸张很薄，里面画着许多漂亮的图表，还有密密麻麻的文字记录，笔迹非常工整。

“给你，”乔治的爸爸把笔记本递给她，“尽你所能保护好它。如果我出了什么事，我的同事们也能根据这个笔记本把我的发明告诉全世界。如果我安然无恙，我会很高兴拿回它，这样我就不用把所有实验都重新做一遍了。”

乔治拿过这个珍贵的笔记本，把它塞进防水袋里。“我会保护好它的，爸爸。现在我去找蒂米，不然等到那两个人回来，我就没时间躲到别的洞穴里去了。”

乔治离开了爸爸，走进下一个洞穴，但那里什么都没有。接着她又走过一条小路，小路的另一端突然转向了岩石的后面。

然后她听到了期待已久的声音。一阵呜咽！没错，就是狗的呜咽！

“蒂米！”乔治急切地喊道，“蒂米，我来了！”

呜咽声立刻停止了，变成了欢快的叫声。“呜，汪汪！”乔治沿着狭窄的通道奋力往前跑，差一点跌倒。手电筒的光亮映照出一块巨石，堵在隧道尽头的洞穴入口。巨石后面，蒂米在狂吠，用爪子疯狂地刨着！

乔治用尽全力想要推开那块石头。“蒂米！”她气喘吁吁地喊着，“蒂米！我会救你出来的！我来啦，蒂米！”

石头似乎晃动了一下，乔治继续用力推。虽然石头对她来说非常重，但她充满了前所未有的力量。突然，石头摇晃了一下，向一侧倾斜。幸亏乔治连忙跳开，不然就会被石头压到脚。

蒂米从那条缝隙里钻了出来，扑在乔治身上。乔治紧紧搂着它，摔倒在地上。蒂米欢快地呜呜叫着，不停地舔着她的脸。乔治则高兴地把脸埋在蒂米厚厚的皮毛里，然后问："蒂米！我终于赶来救你了！他们对你做什么了？蒂米！"

蒂米只是开心地呜咽着，抓着乔治不停地舔，好像怎么也舔不够似的，真不知道它和乔治谁更开心一些。

最后乔治坚决地把蒂米推开了。"蒂米，我们还有重要的事要做！我们得逃出去，回到陆地找些帮手过来。"

"汪汪！"蒂米表示明白了。乔治站起身来，用手电筒照着蒂米待过的洞穴。里面有一碗水和一些狗饼干，看来那些人没有虐待它。乔治温柔地抚摸着蒂米的脖子，那里除了有一圈凸起的勒痕，其他似乎都还好。

"快点，我们要到爸爸身边，然后在附近找另一个洞穴藏起来。等那两个人从塔里回来，我们就跑回石屋，划船回到陆地去。"乔治说，"我的袋子里有个非常重要的笔记本要送回去，蒂米。"

就在这时，蒂米突然咆哮起来，脖子后面的毛竖了起来。乔治全身僵硬地站在那里，听到一个严厉的声音从隧道那边传来。

"我不管你是谁，也不管你从哪儿来，那只狗如果不乖乖听话的话，我就开枪了！我可不是开玩笑，我让你瞧瞧手枪的厉害！"

接着是一声震耳欲聋的枪响，那人扣动了扳机，子弹击中了隧道的顶部。蒂米和乔治吓得几乎要跳起来。蒂米甚至想要直接冲进隧道，幸好乔治及时拽住了它。乔治害怕极了，努力思考着应该怎么办。

枪声回荡在海底的隧道里，听起来太可怕了。蒂米终于停止了咆哮，乔治还是一动也不敢动。

“听见我说的了吗，嗯？”那个声音说，“如果那只狗不守规矩，我就一枪把它毙掉，我可不想搞砸我的计划。不管你是谁，从隧道里出来，让我看看。但我警告你，如果那只狗和你一起过来，它就完了！”

“蒂米，快跑，找个地方躲起来！”乔治低声说。然后她突然想到了一件令人绝望的事——爸爸那个珍贵的笔记本还在她口袋里！万一那人搜身的时候发现了怎么办？如果实验秘密被夺走了，爸爸会心碎的。

乔治连忙从口袋里掏出那个薄薄的小本子，塞进蒂米嘴里。“衔在嘴里，蒂米，找个地方躲起来，等到安全了再出来。快跑，蒂米！快！我不会有事的。”

蒂米衔着笔记本，转身消失在隧道深处。乔治希望它能找到一个安全的藏身之处！隧道可能很快就到头了，也许在那之前，蒂米能找个黑暗的角落藏好，等着她叫它的时候再出来。

“你到底出不出来？”那个声音不耐烦地喊道，“要是等我过来找你，你会后悔的，到时候我会一路开枪过来！”

“我来了！”乔治立刻小声回答，走出了隧道。她很快看到了一束光，然后就暴露在一片强光中。那人发出了一声惊叹。

“天哪，一个小男孩！你在这儿做什么，你是怎么过来的？”乔治的一头短发让那个男人误以为她是个男孩，乔治并没有纠正他。那人拿着一把左轮手枪，当他看清楚了乔治的样子，就把枪垂下了。

“我是来找我的狗的，同时来找我爸爸。”乔治装作温顺地说。

“你可搬不动那块石头！你这么小的孩子根本没那个力气。”那人说，“你也救不了你爸爸！你看到了，我们把他关起来了。”

“好吧。”乔治说。她很高兴那人觉得她不够强壮，以为她搬不动那块大石头呢。她才不会告诉他蒂米已经被放出来了！就让那人继续以为蒂米还关在那个小洞穴里吧！

随后她听到了爸爸的声音。他正在焦急地呼喊：“乔治！是你吗？你还好吗？”

“我很好，爸爸！”乔治大声回应，生怕爸爸会提起蒂米。那个男人招手叫乔治过去，推着她的后背，把她带到她爸爸所在的洞穴里。

“我把你儿子带回来了，”那人说，“真是个愚蠢的小东西。他还以为自己能把那只狗放出来呢！我们关狗的洞穴可是被大石头堵着的！”

另一个人从洞穴的另一端走了进来，看见乔治时吃了一惊。抓住乔治的人解释说：“我回来的时候听到有动静，狗在叫，还有人在说话。我发现了这个孩子，他想把狗放出来。如果他真的这么做了，我就会开枪打死那只狗。”

“可是这孩子是怎么到岛上来的？”另一个人仍然很惊讶。

“也许他自己能说明白！”那个男人说。于是乔治的爸爸这才听到了乔治这一路的经历。

乔治告诉他们，她一直没有在塔顶的玻璃小屋里看见蒂米。她非常担心，也起了疑心，于是半夜划船来到岛上，正好看见那两个人从石屋的秘密入口出来。于是她沿着隧道一直走，就在洞穴里找到了爸爸。

两个男人和乔治的爸爸都默默地听着。

“你真是个麻烦。”其中一个男人对乔治说，“不过你也是个值得骄傲的儿子，没几个男孩能这么勇敢，甘愿为别人冒这么大的风险。”

“我真为你骄傲，乔治。”乔治的爸爸说。他的眼神充满了焦虑。乔治明白他在想什么：那个珍贵的笔记本在哪里？她已经把它藏好了吗？因为两个男人在这里，乔治不敢开口。

“现在事情有点复杂了。”其中一个男人看着乔治说，“如果你一直不回家，很快就会有人发现你失踪了，也许还会派人来岛上通知你爸爸。但是我们可不想再有什么人来这里了！”

他转向乔治的爸爸，说道：“只要你说出所有的秘密，把笔记本交出来，你不仅可以重获自由，还能得到一大笔钱，我们也会自动消失的。”

“如果我不说呢？”乔治的爸爸说。

“那样的话，我们只能把所有的实验设备和那座塔统统炸掉。另外，人们再也找不到你了，因为你也会一起陪葬。”

那人的声音突然变得很冷酷。

一片死寂。乔治看着爸爸。

“你不能这么做。”乔治的爸爸终于开口了，“这样你们什么也得不到！”

“要么得到所有，要么一无所有。”那个人说，“给你七个小时的时间考虑，赶紧做出决定吧。明天上午十点半，如果你还是什么都不说，那就等着我们把岛炸上天吧！”

两个男人离开了，留下乔治和她爸爸在幽暗的洞穴里。还剩七个小时！在那之后，科林岛可能就不存在了！

18

蒂米回来啦！

等那两个人一离开视线，乔治的爸爸立刻低声对她说：“现在我只能把笔记本交给他们了，我不能让你有危险。我不怕自己出事，做我这种工作的人，早就做好了面对危险的准备。但你在这里，情况就不一样了！”

“爸爸，笔记本不在我手里。”乔治很感激爸爸的舐犊之情，她轻声说，“我把它交给蒂米了。我把那块石头推开，蒂米已经从那个小洞穴里出来了，只是那些人还不知道呢！我把笔记本给了蒂米，让它躲起来，等到我叫它，它才会出来。”

“干得好，乔治！”她爸爸说，“去把蒂米带来这里吧。那两个人还不知道蒂米已经被放出来了。趁他们没有防备，我们可以找机会，让蒂米一次性把他俩都放倒。”

“对，这是我们唯一的机会。”乔治说，“我现在就去，它听到我的口哨声就会从隧道深处出来的。爸爸，你之前为什么没去救蒂米呢？”

“我不能离开我的笔记本。”她爸爸说，“我不敢把本子带在身上，怕那些人搜身的时候发现。他们一直在各个洞穴里搜寻，我也不敢把笔记本藏在这里，自己跑去救蒂米。乔治，吹口哨叫蒂米出来吧。快去，这些人随时可能回来。”

乔治拿起手电筒走进隧道，走向蒂米曾经待过的那个小洞穴。她大声吹着口哨。等了一小会儿，可是蒂米没有来。她沿着隧道走得更远，又吹了几声口哨，蒂米还是没有出现。

乔治大声呼喊：“蒂米！蒂米！快过来！”但是，没有听到活泼的脚步声，也没有听到欢快的吠叫声。蒂米没有来。

“这下麻烦了！”乔治想，“它不会是跑得太远，听不见我的声音了吧，我得再往深处走走。”于是她沿着隧道继续走，穿过了蒂米曾经待过的山洞，但是还是没有蒂米的踪影。

乔治绕过一个拐角，突然发现隧道分成了三条路，通往不同的方向，而且全都黑暗、寂静、寒冷。哦，天哪！她不知道该往哪儿走，于是选了左边那条路。

刚走了一会儿，隧道又分成了三条路！乔治停了下来。“如果我继续走下去，一定会在这海底迷宫里迷路的，这太可怕了。蒂米！蒂米！”

乔治的声音在隧道里回响，听起来怪怪的。终于，她沮丧地调头往回走，沿着来时的路回到她爸爸的洞穴里。

“爸爸，根本没有蒂米的踪迹。它肯定是沿着某条隧道走得太深，在里面迷路了！天哪，这太可怕了。这个洞穴后面有无数条岔路，好像整个海底都挖满了隧道！”乔治沮丧地坐了下来。

“很有可能。”她爸爸说，“我们的计划出了岔子，必须再想个别的办法。”

“如果朱利安他们醒来发现我不见了，会怎么样？”乔治突然闪过一个念头，“他们应该会来岛上找我的。”

“我对此不抱太大希望。”她爸爸说，“如果我们只是坐等，没人会知道我们在哪里。而且他们都不知道入口在石屋里，对吧？”

“是的，他们不知道，”乔治说，“就算他们来了也找不到入口！我们以前都仔细查看过了，而且他们还可能和科林岛一起被炸飞。爸爸，这太可怕了！”

“要是我们能找到蒂米就好了！”她爸爸说，“或者我们想办法给朱利安发个信号，叫他不要来。现在几点了？凌晨三点半！朱利安他们睡得正香呢。”

科林庄园里，朱利安睡得很沉，安妮和迪克也在熟睡。没人知道乔治的床是空的。

接近四点半的时候，安妮被热醒了。“我得把窗户打开，我快被热死了！”她想。

安妮起身打开了窗户，向外望去。满天繁星之下，海湾的轮廓影影绰绰。

“乔治，你醒着吗？”安妮低声问。

乔治没有回答。安妮又留心听了一下，竟然连乔治的呼吸声都听不到！乔治在床上吗？

安妮摸索到乔治的床边，床上空荡荡的，她连忙打开了灯。乔治的睡衣还放在床上，外套却不见了。

“乔治肯定是一个人到岛上去了！”安妮惊慌起来。

她跑进男孩们的房间，冲到朱利安的床边，使劲摇他的肩膀。朱利安猛然惊醒了："怎么了？出了什么事？"

"朱利安！乔治不见了！她的床没有睡过的痕迹。"安妮急促地耳语。她的声音吵醒了迪克，两个男孩都坐了起来。

"糟糕！我早该猜到她会做这种傻事。"朱利安说，"半夜划船穿过礁石群，实在太危险了。现在我们该怎么办？我告诉过她不能去岛上，蒂米肯定没事！昆廷叔叔昨天只是忘记带它一起去塔楼而已。等到今天上午十点半，她就能见到它了。"

"那我们现在什么也做不了，是吗？"安妮焦急地问。

"什么都做不了。"朱利安说，"我想她已经安全到达科林岛了，她对着蒂米大呼小叫，还和昆廷叔叔吵了一架。说真的，乔治才会挑战我们的极限！"

他们又讨论了半个小时。朱利安看了看表："五点了，我们再睡一会儿吧。如果范妮婶婶听到乔治跑走的消息，肯定会担心的！"

安妮回到房间，很快又睡着了。朱利安却无法入睡，他一直在想乔治的事情，猜测她现在究竟在哪里。等她回来，他必须好好和她谈谈！

突然，朱利安听到楼下传来奇怪的声音，听起来像有人在扒窗户。有哪扇窗户是开着的吗？有可能是洗衣房的窗户。"咣当！"那又是什么声音？不像是小偷，没有哪个小偷会笨到弄出这么大的响动。

紧接着声音到了楼梯，然后卧室的门被猛地撞开了。朱利安惊慌地伸手开灯，可还没来得及摸到开关，一个很沉的东西就跳到了他身上！

朱利安大叫了一声，迪克也被惊醒了。他打开灯，看清楚了朱利安床上的“东西”——蒂米！朱利安大声问：“蒂米！你怎么在这儿？乔治呢？蒂米，真的是你吗？”

“蒂米！”迪克也惊讶地叫起来，“是乔治把你带回来的吗？她也在这儿吗？”

安妮也被喧闹声吵醒了，她走了进来：“啊，是蒂米！朱利安，乔治也回来了吗？”

“不，显然没有。”朱利安困惑地说，“蒂米，你嘴里是什么东西？吐出来，老伙计，把它吐出来！”

蒂米张开嘴。朱利安把那东西从床上捡了起来：“一个笔记本，全是昆廷叔叔的笔迹！这是什么意思？蒂米是怎么弄到它的？为什么把它带到这里来？这一切太不寻常了！”

大家都想不出蒂米为什么会突然出现，还带回了昆廷叔叔的笔记本，而乔治却没有回来。

“真奇怪。”朱利安说，“我不明白，我们去找范妮婶婶吧。”

于是孩子们跑去叫醒了范妮婶婶，把事情的经过告诉了她。听说乔治不辞而别，范妮婶婶非常担心。她拿起笔记本看了看，立刻意识到这是非常重要的东西。

“这可是无价之宝，我必须把它放进保险柜里。”她说，“蒂米是怎么弄到这个的？”

蒂米的表现很奇怪。它不停地用爪子挠着朱利安，呜呜叫着。虽然它见到大家很高兴，但似乎有什么事想说。

“老伙计，怎么了？”迪克问，“你是怎么回来的？不可能是游泳，你的毛都是干的。如果你是坐船来的话，应该和乔治一起，难道你把她丢在后面了？”

“乔治一定是出事了。”安妮突然说，“蒂米一直在挠你，就是让你跟着它去找乔治。也许是她划船把它带回来的，但是她太累了，在海滩上晕倒了。我们应该去看看！”

“对啊，我们赶紧去。”朱利安说，“范妮婶婶，请你叫醒乔安娜，让她准备点热乎的食物，万一乔治真的又累又冷呢。我们去海滩看看，马上就要天亮了。”

“穿好衣服去吧。”范妮婶婶忧心忡忡，“我们家总是状况百出，真让人不得安宁！”

三个孩子开始穿衣服。蒂米看着他们，耐心地等他们穿戴整齐，大家一起下楼出门了。朱利安朝着海滩走去，但蒂米却一动不动。它挠了挠迪克，然后转身朝相反的方向跑去。

“奇怪，它不是想让我们去海滩，而是去另一个方向！”朱利安惊讶地大声说，“好吧，蒂米，你来带路，我们跟着！”

朱利安他们在森林里迷路了，他们想利用北极星来辨别方向，那么，怎样才能找到北极星？

19

马丁的秘密

蒂米围着房子转了两圈，然后朝着屋后的荒野跑去。这可有点反常，它想去哪儿呢？

“这太奇怪了，按理说乔治不会在这个方向的，她不可能出现在那边的任何地方。”朱利安说。

蒂米飞快地往前跑着，偶尔回过头来看看，示意大家都跟着它。哦，它正带着大家往采石场的方向走！

“采石场！乔治在那边吗？”迪克说，“可她为什么在那儿呢？”

蒂米很快就消失在采石场的中央。它慢慢地顺着陡坡滑行，一直往下走。其他人尽可能地跟在后面，幸运的是，这里不像以前那么滑了。他们顺利到达了采石场的底部，没有发生什么意外。

蒂米径直跑向那块突出的岩石，消失在岩石下面。接着

他们听见蒂米发出短促的叫声，好像在说：“快过来！就是这条路，快点！”

“它进了岩石下面的隧道，就是我们原本想去探险的地方。”迪克说，“那里一定有一条通道什么的，但乔治会在那里吗？”

“我先进去。”朱利安说，然后缩着身子爬进洞口。洞内很快就变得开阔起来，再往里，他差不多已经可以直立起来行走了。他在黑暗中往前走了一小段路，不时听到蒂米不耐烦的叫声。但刚走了一两分钟，朱利安就停下来了。

“我在黑暗中跟不上你，蒂米！”他叫道，“我们得回去拿手电筒，不然我一步也看不见！”

迪克只是挣扎着穿过洞口的第一段，朱利安就把他叫回来了。

“里面太黑了，我们必须回去拿手电筒。”他说，“如果乔治因为什么原因走进了这条隧道，一定是发生了意外。我们最好去找一根绳子，再带上一些白兰地。”

安妮哭了起来，她不敢设想乔治有可能受伤了，正躺在漆黑的隧道里。朱利安一回到洞外，马上张开双臂搂住她，给她安慰。然后，朱利安帮她爬出采石坑，接着又把迪克拉了上来。

“别担心，我们会找到她的。但我不明白她为什么会去那里。我还是无法想象，蒂米和她是怎么从科林岛过来，然后出现在这里的，他们原本应该出现在海滩上！”

“看，马丁在那儿！”迪克突然惊讶地说。是的，就在采石场的顶端！马丁站在那儿，表情看起来和他们一样惊讶！

“你起得真早啊。”迪克叫道，“你拿着铲子干什么，是要去做园艺什么的吗？”

马丁看上去很害羞，似乎不知道应该怎么回答。朱利安突然走近，一把抓住他的肩膀：“马丁，你看！这里发生了一些有趣的事！你拿着铲子打算做什么？你见过乔治吗？你知道她在哪儿，或者发生了什么事吗？快，告诉我，快点！”

马丁用力晃动着肩膀，挣脱了朱利安的手，他露出非常惊讶的表情。

“乔治？我不知道！他怎么了？”马丁疑惑地回答。

“乔治是个女孩，”安妮还在哭着，“她失踪了。我们以为她去岛上找她的狗了，可是蒂米突然出现在科林庄园，把我们都带到这里来！”

“看来乔治可能就在附近。你有没有见过她，或是你知道她的下落吗？”朱利安问。

“不，朱利安，我不知道，我发誓！”马丁说。

“好吧。那告诉我，你这么早拿着铲子在这儿干什么。”朱利安严厉地说，“你在等谁，你爸爸吗？”

“是的。”马丁问答。

“那你打算做什么？”迪克问，“去探索那个洞吗？”

“是的。”马丁继续回答，看起来忧心忡忡，“这没什么奇怪的，对吧？”

“这一切都——非——常——奇——怪。”朱利安盯着他，一字一句地大声说，“并且，我还要告诉你，去探险的是我们，不是你！如果那个洞里有什么古怪的东西，我们一定会找到的！但我们不允许你或者你爸爸进入这个洞。这就回去告诉他吧！”

马丁没有动。他脸色苍白，可怜巴巴地望着朱利安。

安妮走到他跟前，脸上挂着两行眼泪。她握住马丁的胳膊，说道：“马丁，这是怎么了？你为什么这样做，有什么不可告人的事吗？”

然而，让所有人都感到错愕的是，马丁突然转过身去，背对着他们。他们看到他的肩膀颤抖着，听到他发出一阵声音——仿佛在啜泣。

“嘿！你是怎么了？”朱利安生气地说，“打起精神来，马丁！告诉我们，你到底在担心什么。”

“一切，所有一切！”马丁用一种非常压抑的语调说。他转过身来，面对着他们：“你们根本不知道，失去父母意味着什么，没人在乎你，也……”

“可是你有爸爸啊！”迪克立刻说。

“我没有。那个人不是我爸爸，只是我的监护人。每当我们需要一起工作时，他就让我叫他爸爸。”

“工作？什么工作？”朱利安问。

“什么工作都做，全都是令人厌恶的事。”马丁说，“比如到处打探消息，要挟人们必须给钱才能保守秘密。或者接受偷来的东西，然后拿去变卖。还有，帮坏人做事，就像那些跟踪你们叔叔的人。”

“啊！原来如此。”迪克立刻明白了，“我之前就一直怀疑，你和柯顿先生为什么对科林岛这么感兴趣。那么，你们这一次的工作是什么呢？”

“如果我把所有事情都说出来，我的监护人肯定会把我打个半死。”马丁说，“但是，我告诉你们，他们正计划炸毁这个岛。这大概是我卷入的最糟糕的事情了。我知道你们的叔叔在那里，就像你们说的，也许乔治也在那里。我不能再这样下去了！”

说着，他的脸颊又淌下了两行泪水。看到一个男孩哭成这样，其他三个孩子都为他感到难过。当他们听说科林岛要被炸毁，心里也充满了恐惧！

“你是怎么知道的？”朱利安问。

“就像你知道的，柯顿先生有一套无线接收器和发射机，他在岛上的同伙也有。有了这套装置，他们在追踪你叔叔的秘密时，就很容易保持联系。”马丁解释说，“他们想方设法要得到秘密。如果得不到，就把整个岛炸飞，这样谁也别想得到秘密了。但是他们不知道怎么穿过礁石群，所以没办法坐船逃走……”

“那么，他们怎么能逃脱呢？”朱利安问。

“我们确信，蒂米前几天发现的这个洞是通向大海的，可以从海床通到科林岛。”马丁说，“我知道这听起来太疯狂了，不可能是真的。但柯顿先生有一张旧地图，上面清楚地标明了，海床下面曾经有一条通道。如果真是这样的话，岛上的那几个人把炸药装好之后，就可以逃离了，明白了吗？”

“原来如此，我明白了。”朱利安深吸了一口气，“现在一切都清楚了。就像你刚才说的，蒂米找到了从岛上出来的路，想带我们去救昆廷叔叔和乔治，这就是它带我们来采石场的原因。”

大家陷入了一片深深的沉默。马丁一直盯着地面，迪克和朱利安沉思着。安妮小声地抽泣着，在她看来，这一切都难以置信。

然后，朱利安把手放在马丁的手臂上，说道：“马丁！你做得对。我们也许能阻止可怕的事情发生，但这需要你的帮助。我们需要你的铲子。我想你应该也带了手电筒，我们没带，回去取太浪费时间了。你会加入我们吗？你能把铲子和手电筒借给我们吗？”

“你相信我吗？”马丁低声说，“是的，我想帮你们。如果我们现在进入隧道，我的监护人应该不会跟上来，因为他没有手电筒。我们可以去岛上，把你叔叔和乔治安全地带回来。”

“你真好！”迪克说，“好了，快走吧。我们已经聊得够久了。朱利安，你得再进去一次。马丁，把铲子和手电筒递给他。”

“安妮，你不能跟着来。”朱利安对妹妹说，“你得回去，告诉范妮婶婶发生了什么事，你能做到吧？”

“好的，我不去。”安妮说，“我现在就回去。小心点，朱利安！”

安妮跟着三个男孩，一起爬到采石坑的底部。她站在那里看着，直到他们都消失在洞口。在孩子们说话的时候，蒂米已经等得不耐烦了，不时发出催促的叫声。看到他们终于要行动了，蒂米很高兴。它在隧道里奔跑着，不时转过身来，看看他们有没有跟上。每当这时，大家就能看到它的眼睛泛着绿光。

安妮沿着采石坑陡峭的一侧重新爬了上去。突然，她似乎听到了几声咳嗽。她赶紧停下来，蹲在灌木丛中。透过叶片的缝隙，她窥见了柯顿先生的身影。随后，又听到了他的呼喊。

“马丁！你到底在哪儿？”

原来他在找马丁带他一起去隧道！安妮屏住呼吸。柯顿先生一遍又一遍地呼喊，最后不耐烦地咒骂了两声，开始沿着采石场的一侧往下爬。

突然，他滑倒了！原先，他想抓着一株灌木往下爬，但灌木折断了。他从安妮身边滚了过去，正好看到了她，他显得很惊讶。他朝着采石场的最底部滚去，越滚越快，表情也变得越来越恐惧。最后，安妮听到一声长长的痛呼声，他终于停了下来。

安妮惊恐地向下张望。柯顿先生坐了起来，抱着一条腿，大声呻吟。他抬起头，看看能不能看到安妮。

“安妮！我的腿肯定断了！”他叫道，“你能找人来帮忙吗？你这么早来这儿干什么呢？你看见马丁了吗？”

安妮没有回答。如果他摔断了腿，就不能去追孩子们了，她也可以很快逃走。她小心翼翼地往采石场顶部爬去，害怕自己也滚下去，躺在可怕的柯顿先生身边。

“安妮！你看到马丁了吗？快去找他，叫人来帮忙，好吗？”柯顿先生喊道，然后又呻吟起来。

安妮爬到采石场的顶端向下看，用手拢着嘴大声喊道：“你是个坏人，我不会帮你的，我讨厌你！”

安妮一口气喊出了所有的话，然后以最快的速度跑向荒野。

她一边跑，一边想："我必须赶紧回去，把一切都告诉范妮婶婶，她知道应该怎么做。希望其他人都能脱离危险。如果小岛爆炸了，我们该怎么办？我很高兴，很高兴自己有勇气告诉柯顿先生，他是个很坏的人。"

她气喘吁吁地跑着，心想范妮婶婶会知道该怎么做的！

20 最终对决

这时，三个男孩和蒂米正在进行一次奇特的地下旅行。蒂米一声不响地在前面引路，不时地停下来等着男孩们跟上。

刚进入的那一段，隧道的顶部很低，孩子们不得不猫着腰往前走。但是过了一会儿，顶部变得越来越高。朱利安用手电筒往四周照了照，发现墙和地面都是由岩石构成的，不再是之前的泥土。他开始计算他们所在的位置。

“我们拐过了几个弯，现在是径直往悬崖的方向走。”他对迪克说，“隧道的最后几百米突然往下倾斜，我们现在应该在地下很深的地方了。”

直到听见巨大的轰鸣声，孩子们才确信自己真的在海底。这声音就是乔治之前听到过的。真不可思议，他们竟然穿过海底走向科林岛！

“像一个逼真的梦，”朱利安说，“但我不确定自己是不是喜欢这种感觉。好的，蒂米，我们来了。啊，那是什么？”

男孩们停下脚步。朱利安举起手电筒照过去，原来是一堆落石挡在前面。蒂米从石头的缝隙中挤了过去，但男孩们却做不到。

“现在该铲子出场了，马丁！”迪克兴奋地说，“过来帮忙！”

孩子们又推又铲，终于在落石堆里开出一个口子。“多亏有铲子啊！”朱利安说。他们继续往前走，不久又遇到一堆落石，只能再次用铲子挖起来。这时蒂米不耐烦地叫了起来，它太想回到乔治身边了。

他们很快来到了第一个岔路口。蒂米毫不犹豫地走向了右边的路。当看到第二个岔路口分为三条路的时候，它又迅速做出选择，没有丝毫犹豫。

“真厉害。”朱利安说，“这都是靠它灵敏的鼻子。只要它走过的路，都能完全记住。如果是我们，早就搞不清方向了。”

马丁看起来并不喜欢这次冒险，他默默地紧跟在后面。迪克猜他在担心探险结束之后的事。可怜的马丁，他最想做的事情是画画，而不是充当那个邪恶的监护人的爪牙，卷入一个个令人厌恶的所谓的“工作”。

“快到科林岛了吗？”迪克说，“我们已经走得够久了！”

“应该离岛不远了。”朱利安说，“我们现在最好保持安静，敌人随时可能出现！”

于是所有人都不说话了，只是安静地往前走。突然，前方隐隐闪出一道亮光。朱利安立刻举起手，示意大家都停下来。他们正在接近乔治和她爸爸所在的山洞。蒂米站在他们前面，警觉地竖起耳朵。它才不会贸然闯入危险地带呢！

他们全神贯注地听着，想从隐约传来的声音中分辨出说话的人是谁。“是乔治，还有昆廷叔叔。”朱利安说。蒂米则用行动做出确认，它一头冲进灯火通明的山洞，欢快地吠叫起来。

“蒂米！”乔治的声音响起，“你去哪儿了？”她跳了起来，似乎还撞到了什么东西。

“汪！”蒂米试图解释，“汪汪！”

朱利安和迪克也跑进了山洞，马丁跟在后面。昆廷叔叔和乔治惊奇地瞪大了眼睛。

“朱利安！迪克！还有马丁！你们怎么来了？”乔治喊道。蒂米围着她兴奋地上蹿下跳。

“我来解释吧。”朱利安说，“是蒂米带我们来的！”他讲述了整个事情的经过——凌晨时分，蒂米突然出现在科林

庄园，跳到他的床上，以及在那之后发生的一切。然后，昆廷叔叔和乔治也把各自的经历告诉了他们！

“那两个人在哪里？”朱利安问。

“就在岛上的某个地方。”乔治回答，“之前我悄悄跟踪他们，看到他们从石屋的入口出去了。我觉得他们十点半会去塔上发信号，这样陆地上的人们就会以为一切正常。”

“我们该怎么做？”朱利安问，“你们要和我们一起从海底隧道离开吗？或者有别的计划？”

“最好别原路返回。”马丁立刻说，“我的监护人一直和岛上的那两个人保持着联系。如果找不到我，他就会起疑心，可能会叫上所有同伙一起过来，我们很可能在隧道里遇到他们。”

他们当然不知道，柯顿先生此时正躺在采石场底部，抱着腿呻吟呢。

“那两个人给了我七个小时，让我考虑要不要交出实验秘密。”昆廷叔叔想了一下说，“十点半之后他们就会回来，我们这么多人应该对付得了他们，何况还有蒂米帮忙！”

“好主意。”朱利安说，“我们可以先躲起来，等着他们回来的时候，就让蒂米拿下他们！”

可是他的话音未落，洞穴里的灯突然灭了！一个声音在黑暗中响起。

“都别动！谁敢动一下，我马上开枪！”

乔治的呼吸变得急促起来。那些人怎么突然回来了？蒂米为什么没有发出警告？难道是因为她一直抚摸它的耳朵，它才什么都没听见！

乔治握着蒂米的项圈，生怕它会在黑暗中朝那个人扑过去，被枪击中。那个人说：“想好了吗？你愿不愿意说出你的秘密？”

“绝不。”昆廷叔叔低沉地说。

“那就等着吧，这个岛、你的研究，还有你和所有人，都会统统被炸飞！”

“随便你！”乔治突然喊道，“你也会被炸死。你找不到坐船离开的路，会撞上礁石沉到海底！”

黑暗中，那个男人大笑起来。“我们不会有事的。”他说，“你们都靠墙站好！别打什么鬼主意，我的左轮手枪可不长眼睛。”

他们都紧紧靠着墙。蒂米想要出声咆哮，但是立刻被乔治制止了。她不想让那些人知道它也在这里。

黑暗中，一阵脚步声在寂静的洞穴里响起。乔治竖起耳朵仔细听着，是两个人的脚步声！他们似乎穿过洞穴离开了。她知道了！他们已经安装好爆炸装置，打算从海底隧道逃离小岛！

脚步声一消失，乔治就打开了手电筒：“爸爸！那些人从海底逃走了，我们也必须马上离开。我的船就在岸边，我们现在赶去那里，尽快离开吧。”

“你们先走。”她爸爸说，“如果我能回到塔上，说不定可以破坏他们的邪恶计划！他们肯定会利用那里的能量。如果我能赶到玻璃小屋里，就可以阻止爆炸事故的发生！”

“快点，爸爸！”乔治惊慌地喊道，“如果可以的话，请保住我的岛！”

他们穿过山洞，沿着石阶飞奔。他们终于到达石屋，却被眼前的一幕惊呆了！

入口处的石板从里面打不开了！那两个男人破坏了机关，现在石板只能从外面打开。

昆廷叔叔来回摆动杠杆，却只是徒劳无功。石板纹丝不动。

“只有从外面才能打开。我们被困住了！”他绝望地说。

他们在石阶上坐成一排，每个人又冷又饿，心里充满绝望的痛苦。他们现在该怎么办？再返回洞穴，沿着海底隧道回到大陆？

“我可不想那样。”昆廷叔叔说，“一旦发生爆炸，海床受到冲击，隧道的顶就会坍塌，海水会涌进来。如果我们正好在隧道里，那就太糟了。”

“不，我们不能就像现在这样被困着。”乔治战战兢兢地说，“我快要受不了了。”

“也许我可以找些东西把石板炸开。”过了一会儿，她爸爸说，“我有很多材料，只是需要一些时间来组装。”

“听！”朱利安突然说，“外面有声音。嘘！”大家都竖起耳朵听着。蒂米呜咽着，使劲挠着那块石板。

“有人在说话！”迪克叫喊起来，“有很多人！会是谁呢？”

“安静！”朱利安大声说，“我们必须听清楚！”

“我知道了！”乔治突然说，“是渔民来了！所以那两个男人没有等到十点半就匆匆忙忙走了！他们看到渔船来了！”

“一定是安妮带他们来的！”迪克喊道，“一定是她跑回家去找范妮婶婶，然后叫渔民来救我们！安妮！安妮！我们在这里！”

蒂米发出震耳欲聋的吠叫。大家都觉得它的叫声比他们几个合起来还要响亮，都鼓励它大声一些，再大声一些！

“嗷呜！嗷呜！”

安妮一走进小石屋就听到了狗叫声和大家的喊声。“你们在哪儿？”她喊道。

“在这里！快把石板移开！”朱利安大声喊着，其他人也跟着他又喊又跳。

“请让一让，小姐。我知道是哪块石头了。”一个男人用低沉的声音说道。那是一个渔民。他刚才一直绕着屋子查看，找到一块比其他石头都要干净的石头，确定那里就是入口。

突然，他摸到了正确的位置，发现了一枚小铁钉。他拔出铁钉，向后摇动杠杆，石板打开了！

石板后面的人一个接一个地冲了出来！站在石屋里的六个渔民非常惊讶，范妮婶婶和安妮也是。范妮婶婶飞快地跑到她的丈夫身边，令她惊讶的是，他竟然粗鲁地一把将她推开。

他以最快的速度冲出石屋，奔向那座高塔。他来得及救下科林岛和所有人吗？快点，再快点！

21

冒险结束

“他这是要去哪儿啊？”范妮婶婶伤心地问，可是没人回答她。孩子们都焦急地望着塔楼上的玻璃小屋。昆廷叔叔能及时赶到吗？啊，他出现了！

昆廷叔叔还带着一块大石头，大家都看着他用石头拼命砸向玻璃墙。砰！砰！哗啦！

玻璃碎了，穿过玻璃的那些电线也被砸断了。没有任何能量能够通过它们传导了。昆廷叔叔从玻璃洞里探出身子，兴奋地大喊：“行啦！我做到了！我已经摧毁了可能引发爆炸的能量。科林岛保住了，大家都安全了！”

悬到嗓子眼儿的心终于放下了。乔治感觉膝盖一软，跌坐在了地上。蒂米跑过去，好奇地舔着她的脸，也挨着她坐了下来。

10

“他这是干什么，把塔拆了吗？”一个身材魁梧的渔民问，“我真搞不懂。”

昆廷叔叔从塔上下来，重新加入了他们。“再晚十分钟就来不及了。”他说，“谢天谢地，安妮，你们来得真是时候。”

“我一路跑回家告诉范妮婶婶，然后找了很多渔民，以最快的速度划船过来。”安妮解释说，“我们想不出其他办法来救你们了，那些坏人在哪里？”

“从海底隧道逃走了吧。”朱利安说，“哦，你还不知道海底隧道的事呢，安妮！”他把事情的经过一五一十地告诉了安妮。旁边的渔民们听见后都惊讶地张大了嘴巴。

“看这里。”昆廷叔叔说，“既然船都来了，把我的实验设备都运回去吧。我已经完成了在岛上的实验，不需要继续留在这里了。”

“哦！那我们可以待在这儿啦！”乔治高兴地说，“离假期结束还早呢。我们会帮你把设备运回去的，爸爸。”

“我们应该尽快回去，这样还能在隧道的另一头抓到那些家伙。”一个渔民说。

“对，我们就这么做。”范妮婶婶说。

“太好了，他们还会在那里发现摔断了腿的柯顿先生。”安妮突然想起了这件事。

其他人惊讶地看着她，这是他们第一次听说柯顿先生也在采石场。安妮解释了事情经过。

“最后我告诉他，他是个非常邪恶的人。”她神气地说。

“没错。”昆廷叔叔笑着说，“好吧，我们改天再来搬设备吧。”

“不用，我们两个可以帮你。”那个魁梧的渔民说，“乔治的船在这里，你的船也在。其他人可以跟你一起回去，我和汤姆留下来帮你把东西装好，然后运回陆地，这样就不用再跑一趟了。”

“好的，”昆廷叔叔高兴地说，“那就请你们帮忙把设备运回去吧。东西都在洞穴里，穿过那块石头后面的隧道就能找到了。非常感谢。”

大家都来到了小海湾。天气不错，海面非常平静，只是科林岛周围的海浪还是那么汹涌。很快，大家就划着船回到了陆地。

“冒险结束了！”安妮说，“真奇怪——我从没想过这会是一场冒险，但现在我确信，它就是！”

“我们长长的冒险记录里又可以添上一笔了，”朱利安说，“开心点，马丁，别那么闷闷不乐了。发生了这么多事之后，我们都觉得你是个好孩子。虽然你曾经和坏人在一起，但是你没有变坏。我们不会再让你像以前那样遭受痛苦了。对吧，昆廷叔叔？如果没有马丁和他的铲子，我们根本不可能通过被落石堵住的隧道！”

“谢谢，”马丁感激地说，“如果能摆脱我的监护人，再也不用见到他，我会很开心的！”

“不用担心，我想柯顿先生会被安置在一个地方，很长时间都见不到他的朋友了。”昆廷叔叔说。

船一靠岸，朱利安、迪克、蒂米和昆廷叔叔就立刻跑到采石场。他们想看看柯顿先生是不是还在那里，等着他的两个同伙从隧道里出来。

柯顿先生还躺在采石场底部，大声呻吟着呼救。昆廷叔叔严厉地对他说：“我们知道你干了什么，柯顿先生。警察马上就来了，到时候他们会处理你的。”

蒂米在柯顿先生周围嗅了嗅，然后鼻孔朝天地走开了，好像在说，这人真讨厌！其他人则守在洞口等着那两个人出来。

但是没有人从隧道出来。一个小时过去了，两个小时过去了，还是没人出来。

“幸好马丁和安妮没来。”昆廷叔叔说，“如果我们有点三明治就好了。”

这时，警察赶到了，他们从采石场的陡坡爬了下来，随行的医生检查了柯顿先生的腿，然后和其他人一起艰难地把他拉到上面。

“朱利安，回去拿些三明治吧。”昆廷叔叔忍不住说，“看来我们得多等一会儿了！”

朱利安跑回家，很快带着一大袋火腿三明治和一壶热咖啡回到采石场。两个警察说昆廷叔叔可以先回家，他们会守在这儿。

“不！”昆廷叔叔拒绝说，“这两个人出来的时候，我一定要看看他们的表情。这将是我生命中最美妙的时刻之一！科林岛安然无恙，我的实验秘密也守住了，我的笔记本好好地保管着，我的工作也顺利完成了。我必须把这一切都告诉两位‘亲爱的朋友’！”

“爸爸，他们肯定是在隧道里迷路了。”乔治说，“朱利安说里面有很多岔路口。蒂米肯定能走对，可是他们找不到路啊！”

一想到这些人可能出不来了，乔治爸爸的脸就皱了起来。他太想看到他们那副既惊讶又沮丧的模样了！

“我们可以让蒂米进去，很快就能把他们带出来。”朱利安说，“你能做到吧，蒂米？”

“汪！”蒂米同意了。

“好主意。”乔治说，“如果他们知道蒂米能给他们引路，就不会伤害它了。去吧，蒂米，去找到他们！把他们带到这里来！”

“汪汪。”蒂米愉快地叫着，消失在大石头下面。

他们一边等待着，一边吃着三明治、喝着咖啡。终于，他们又听到了蒂米的叫声。

他们听见了喘息的声音，还有一阵摩擦声。有人从洞里爬出来了。那人站直身子，看见一群人沉默地盯着他，呼吸变得急促起来。

“早上好啊，约翰逊，”昆廷叔叔亲热地打招呼，“你还好吗？”

约翰逊的脸色瞬间变得苍白，一屁股跌坐在旁边的石南花丛里。“你赢了！”他垂头丧气地说。

“我赢了，而且是大获全胜。”昆廷叔叔说，“看来你的小计划出了点纰漏，我的秘密仍然是安全的。明年，我就要向全世界公布！”

又有一阵摩擦声传来，另一个人也爬了出来。他站起身，也看到了一群人正沉默地盯着他。

“早上好啊，彼得。”昆廷叔叔说，“很高兴再见到你。你的地下漫步怎么样？是不是比划船要惬意得多啊？”

彼得看了看约翰逊，也一屁股坐在了地上。“怎么回事？”他问约翰逊。

“一切都结束了，我们完了。”约翰逊说。然后蒂米也出现了，摇着尾巴跑向乔治。

“我打赌，看到蒂米走近，他们一定非常激动！”朱利安说。

约翰逊看着朱利安说：“没错，我们在那些可恶的隧道里迷路了。柯顿说会来接应我们，但他没有出现。”

“哦，他的腿断了，现在应该在监狱的医院里。”昆廷叔叔说，“警官们，接下来就是你们的工作了。”

那两个人被逮捕了。之后，所有人都离开了采石场。两个坏人被押进警车带走了。其他人回到科林庄园，准备好好地美餐一顿。

“我快要饿死了。”乔治问，“乔安娜，早餐有什么好吃的吗？”

“哦，没什么特别的。”乔安娜从厨房走出来，故意轻描淡写地说，“也就只有点培根、鸡蛋和蘑菇！”

“噢！噢！”安妮欢呼起来，“乔安娜，你确实应该获得奖章！”

“什么是奖章？”乔安娜问。可是安妮也不知道应该怎么解释。

“就是一种装饰品！”她终于想出了一个答案。

“好吧，我可不需要那些叮叮当当的玩意儿！”乔安娜喊道，“来帮我摆放早餐吧！”

这是一顿非常愉快的早餐，他们中的七人——不对，算上蒂米是八个了，坐在一起。马丁摆脱了监护人的控制，就像变了一个人。

孩子们帮他做着各种计划：“你可以留下来和海岸警卫住在一起，他很喜欢你，总说你不是坏孩子！你也可以来和我们一起去岛上玩。昆廷叔叔会帮你联系艺术学校，他说你帮他守护了重要的秘密，应该得到奖励！”

马丁的脸上洋溢着幸福和快乐，好像甩掉了沉重的包袱。“我以前从来没有这样的机会，”他说，“我会做好的，你们瞧着吧！”

“妈妈，我们明天可以去科林岛观看拆除塔楼吗？”乔治问，“你就答应吧！我们可以在那里待一周吗？像以前那样睡在城堡的小石屋里。”

“好吧，可以！”她妈妈微笑着说，看着乔治热切的脸，“我也想和你爸爸单独待上几天，让他吃点好吃的。”

“哦，你提醒我了，范妮。”昆廷叔叔突然说，“我前天晚上尝了尝你准备的汤。嗯……亲爱的，那味道太糟糕了！”

“昆廷，我早就叫你把汤倒掉了！”范妮婶婶不高兴地说，“那肯定都坏了，你真是让人无话可说。”

大家吃完早饭，走进了花园。他们的目光越过科林湾，停留在科林岛上——在清晨的阳光下，它看起来可爱极了。

“想不到我们一起经历了这么多次冒险。”朱利安说，“比大多数孩子经历得多多了。这些冒险真让人难忘啊，是不是？”

是的，真让人难忘。但是现在，又到了说再见的时候了。

再见了，美丽的科林岛。再见了，朱利安、迪克、乔治、安妮，还有蒂米。但是只有蒂米听到了我们的告别，因为它的耳朵总是那么灵敏。

“汪！再见！”

坏人们安装好爆炸装置，打算从海底隧道逃离小岛。昆廷叔叔和侦探团的小伙伴们是怎么摧毁他们的邪恶计划，阻止爆炸事故发生的呢？

参考答案

第2章　重返科林庄园

答案：迪克跑得最快，朱利安跑得最慢。

第4章　昆廷叔叔在哪儿？

答案：迪克跟朱利安先过，用两分钟；朱利安返回，用两分钟；蒂米跟安妮一起过，用时十分钟；迪克返回，用一分钟，迪克跟朱利安一起返回，用两分钟。

第6章　悬崖之上

答案：帐篷里不会有草。

第8章　采石场寻宝

答案：三支蜡烛。因为没有被吹灭的七支蜡烛会一直燃烧下去，直到燃尽为止。

第10章　18次信号

答案：在下一章中，孩子们提起，曾经听到类似飞机发动机的响声，因此判断神秘人是半夜跳伞到科林岛上。

第13章　和马丁喝下午茶

答案：A

解析：在晚上，植物和鱼的呼吸作用都需要氧气，而晚上植物的呼吸作用强于光合作用，提供的氧气很少，所以经过一整夜的呼吸，消耗了水中大量氧气，早上池塘中的氧气最少。

第14章　忐忑不安

答案：A

解析：狗的汗腺在舌头上，天热时，狗就会伸出舌头，加快呼吸，让汗快一些排出来，散发热量。

第16章　海底隧道

答案：化装师把逃犯化装成了另一个通缉犯。

第18章　蒂米回来啦！

答案：先找到大熊星座，再找到北斗七星。通过勺头边上的两颗星连线，再延长出去约五倍远，正好是北极星的位置。

第21章　冒险结束

答案：他们穿过山洞，在渔民的帮助下，回到石屋。昆廷叔叔带着一块大石头冲到塔顶，砸断电线，切断了引发爆炸的能量，保住了科林岛。

东方出版社年度重磅图书！

超越J.K. 罗琳，被评为“英国人最爱的作家”

英国国宝级作家伊妮德·布莱顿传世之作

影响西方整整三代儿童

全球年销售量200万册，90%的故事被搬上荧屏

创造了全球史无前例的系列儿童读物销售记录

《疯狂侦探团》

四个小伙伴和一只忠犬的精彩故事

关于友情与合作

关于责任与正义

关于冒险与成长

是孩子必读的经典侦探小说

更是孩子成长的良师益友

翻开书页，开始我们的侦探冒险旅程吧！

《疯狂侦探团》系列儿童冒险小说（全21册）

伊妮德·布莱顿于1968年去世，至今仍是广受欢迎的全球著名儿童图书作家。她的作品闻名中外，创下辉煌的销售记录。

英伦市区的三兄妹——哥哥朱利安、弟弟迪克和小妹妹安妮，假期来到海滨的叔叔家，结识了假小子堂妹乔治和她的大狗蒂米，结成了五个小伙伴，开始了一次次惊心动魄的侦探冒险旅程。

英吉利海峡的美丽小岛、古老伦敦的神秘城堡、暗道交错的郊外古宅，还有那白雪中的圣诞节、花园里的下午茶……异国的自然人文风情，无不让人着迷，而真正触动心弦的，莫过于童年的探险精神，那是对自由的追求、为正义的斗争。书中的小伙伴将带小读者完成一次次惊险旅程，实现一个个英雄梦想。

本书主编詹艾斌（1971- ），江西都昌人，文学博士，江西师范大学文学院院长、博士生导师，博士后合作导师，江西省百千万人才工程人选，江西省高校中青年学科带头人，主要从事文学理论、文学批评与文学教育研究，致力于儿童阅读推广。

疯狂侦探团01：沉船秘宝
疯狂侦探团02：密道窃案
疯狂侦探团03：午夜尖叫
疯狂侦探团04：悬崖古堡走私案
疯狂侦探团05：马戏阴谋
疯狂侦探团06：科林岛上的秘密实验
疯狂侦探团07：幽灵火车
疯狂侦探团08：囚徒的反击
疯狂侦探团09：午夜窗影
疯狂侦探团10：逃犯口信
疯狂侦探团11：古堡怪脸
疯狂侦探团12：雨夜灯塔
疯狂侦探团13：荒野疑云
疯狂侦探团14：护花使者
疯狂侦探团15：废舍鬼影
疯狂侦探团16：绝密宝器
疯狂侦探团17：圣诞惊魂
疯狂侦探团18：地牢夺宝
疯狂侦探团19：魔鬼金币
疯狂侦探团20：勇闯耳语岛
疯狂侦探团21：神探五人组